O TEMPLÁRIO

CARLOS DONATO

AGRADECIMENTOS:

Ao meu Padrinho Antônio Cazemiro Carneiro, cujos
poemas iluminaram meus dias;

A minha mãe, pelo exemplo de vida e abnegação;

A minha amada esposa Adriana, por compreender as
minhas noites insones na frente do computador, e,

Aos meus filhos: Diogo; Thiago; Douglas e Geovanna,
como uma singela demonstração que sonhos se reali-
zam. Bastando somente fé em Deus e trabalho.

Índice

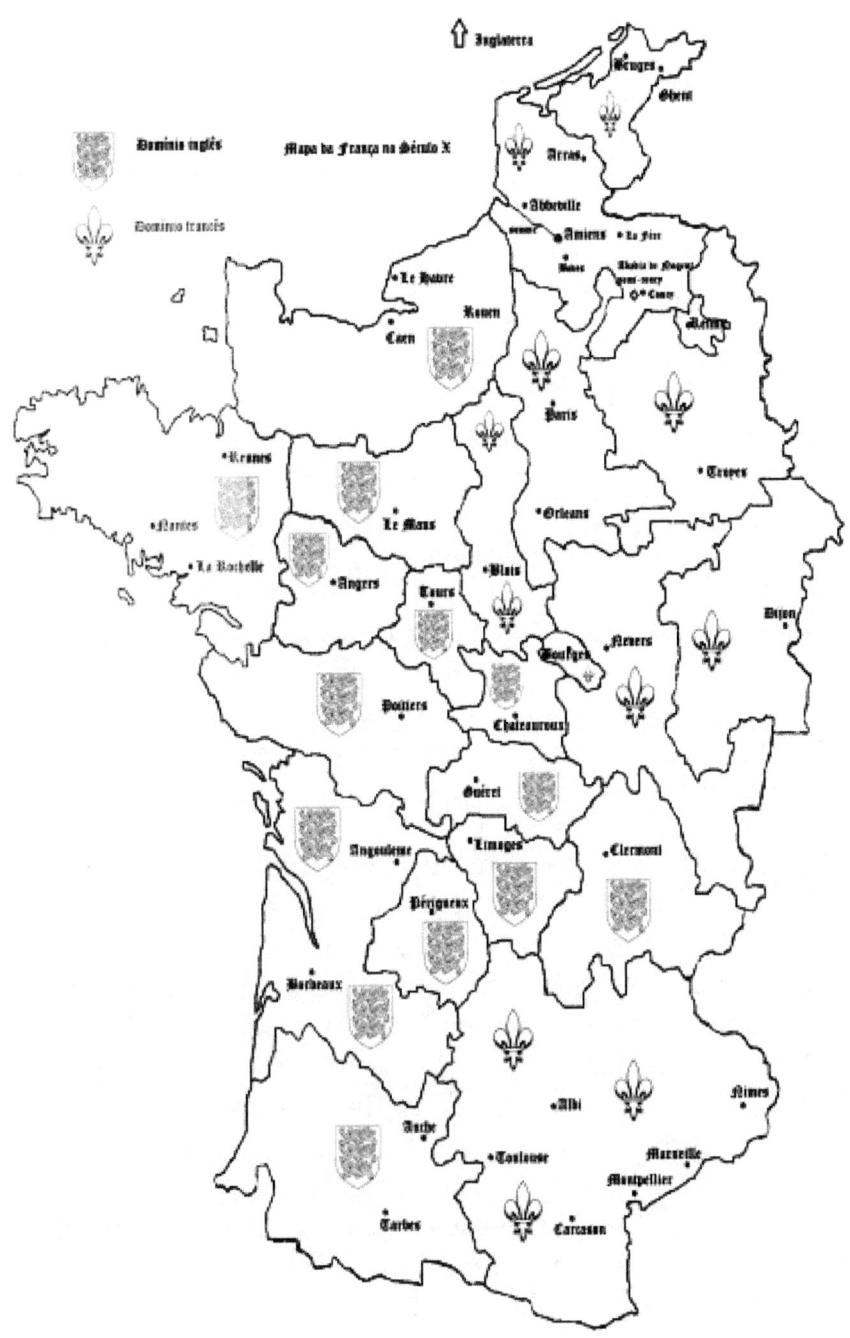

Mapa da França no Século X

PERSONAGENS
HISTÓRICOS DE AMIENS

Pedro o Eremita - (✶1053 †8/07/1115 Abadia de Neufmoutier, Huy) - Chamado Pierre l'ermite ou Pierre d'Amiens em francês e Petrus Eremita em latim. Foi um monge francês e um dos principais pregadores da Primeira Cruzada.

Liderou a componente não-oficial desta expedição, a malograda Cruzada Popular ou Cruzada dos Mendigos, e foi um dos seus poucos sobreviventes. Depois de se juntar à Cruzada dos Nobres, conseguiu cumprir o seu voto de cruzado de visitar o Santo Sepulcro em Jerusalém. Morreria somente alguns anos mais tarde, em solo europeu.

Eguerrand I ou Eguerrand de Boves (✶1042 †1116). Filho de Dreux ou Drogon Boves. De seu pai ele herdou o senhorio de Boves e através do casamento com Ade de Marlle adquiriu as senhorias de Marlle, Coucy e La Fere. Em 1085, herdou de sua avó o condado de Amiens tornando-se Conde de Amiens. Do casamento com Ade de Marlle teve um filho Thomás de Marlle, filho que odiava. Teria seqüestrado Sibyl de Château-Porcien, esposa de Godfrey I, Conde de Namur, pois ela estava grávida de um filho seu. Mais tarde casou-se com ela e eles tiveram uma filha Agnès de Coucy. Participou da primeira cruzada em 1096 e está presente na sede da Antioquia, que capitula em três de junho de 1098.

Thomás de Marlle – (✶1066 †1130) filho de Eguerrand I e

de Ada de Marlle. Foi senhor de Coucy, de Marlle e Conde de Amiens. Morto pelo Conde de Vermandois Raul I, o Valente, por ordem de Luís VI, o Gordo. Ele lutou contra o pai, a quem odiava, entretanto ambos participaram da Primeira Cruzada. Em 1116, sucedeu seu pai como Senhor de Coucy. Era violento e sem lei e causou problemas para a Igreja (sendo por isso excomungado).

Bispo Geoffroy de Amiens - (☆1066 †08/11/1115) (ou Godefroy), Ele é venerado como São Godofredo. Nascido em família nobre, aos cinco anos foi entregue aos cuidados de seu tio, Bispo de Soissons, que o mandou para educar num mosteiro perto de Péronne. Aos 25 anos, foi ordenado sacerdote pelo Bispo de Noyon e foi Abade na abadia de Nogent-sous-Coucy. Em 1104, foi nomeado Bispo de Amiens no Conselho de Troyes. Chegando a Amiens encontra forte resistência por parte dos nobres e da burguesia da cidade. Preocupado com o tratamento dado aos pobres e aos lavradores, fez nascer uma revolta dos habitantes contra os senhores feudais. Preocupa-se com a guerra civil prestes a eclodir e a fim de impedi-la, resolve se aposentar, indo para a Ordem dos Cartuxos, onde inicia uma vida de penitência. Contudo o povo de Amiens junto com o Papa faz pressão para que volte ao bispado da cidade, o que o faz em 1115. Encontrando as mesmas dificuldades de outrora. Fica doente e se refugia na abadia de Saint-Crépin, onde morre.

Estevão II – (☆1045 †19/05/1102), Conde de Blois e Chartres de 1089 até sua morte. Foi um dos líderes da Primeira Cruzada que partiu para a Terra Santa em 1096. Estêvão II era o chefe do conselho militar cruzado no cerco de Nicéia, em 1097. Em 1098 foi obrigado a regressar à Europa por motivos de saúde depois do cerco de Antioquia. O seu voto de cruzado, que incluía a conquista de Jerusalém, não foi cumprido e, em 1101, Estêvão viajou de novo para o Oriente, pressionado pela esposa, para fazer uma segunda peregrinação, juntando-se assim à cruzada de 1101, na companhia de outros que também tinham voltado para casa prematuramente. Em 1102, Estêvão foi morto na Segunda Batalha de Ramla, durante o Cerco de Ascalão.

Agnès de Coucy – (☆cerca 1070 †?) Filha de Eguerrand I de Boves, Conde de Amiens e Sibylle de Château-Porcien. Casou-se com Guy de Thourotte, escudeiro de Coucy. Mãe de Gasce Roger, escudeiro de Coucy e de Noyon.

Urbano II – (☆Lagery, 1042 † Roma, 29/07/1099) foi o 159º Papa, e o seu pontificado decorreu entre 1088 e 1099. Era monge Cartuxo. É conhecido por predicar a Primeira Cruzada no Oriente Próximo, embora tenha morrido antes da culminação desta com a tomada de Jerusalém.

Guy de Thourotte - (☆cerca 1085 †cerca 1140) senhor de Thourotte, Filho de Guy de Coucy e Oidéle. Casou-se com Agnès de Coucy, pai de Gasce Roger. Foi escudeiro de Coucy e de Noyon.

O PROFETA DESCALÇO

Corria o ano de 1095 do nosso Senhor quando ele apareceu do nada. Veio da região de Champagne, junto com uma turba de seguidores. Pregava todos os dias sobre os infiéis que tomaram Jerusalém, a cidade sagrada. Falava que o Papa Urbano II, homem santo que era, resolvera absolver de todos os pecados aqueles que lutassem em nome do Cristo Crucificado para libertar Jerusalém do domínio dos infiéis. Nos seus discursos inflamados, no meio da praça do mercado, exaltava a retidão, a abnegação em nome de Deus e a dedicação à sua causa. Exortava a homens e mulheres pegarem em armas e partir para libertar a sacrossanta cidade:

- Vocês devem largar tudo e partir imediatamente. A divina cidade já ficou tempo demais sob o julgo dos infiéis. O representante divino aqui na terra assim determinou. Vamos, pois, sem demora, deixais os bens terrenos, eles de nada adiantam no paraíso.

Essas palavras eram repetidas incessantemente: Do amanhecer até o anoitecer. O povo, mais preocupado com seus afazeres, pouco se importava. Entretanto alguns mais afoitos, crentes ou que nada tinham a perder, logo aderiram ao pedido. Nós o apelidamos de "o Profeta descalço"; o mundo depois o conheceria como Pierre l'ermite ou Pierre d'Amiens em francês e Petrus Eremita (Pedro ermitão, Pedro de Amiens ou ainda Pedro, o eremita). Numa destas pregações no meio da praça, no dia da feira, o Conde de Amiens, Coucy e Le Feré; Eguerrand I e seu filho Thomás, o Conde de Marlle; passavam a cavalo pelo meio da multidão. Thomás batia com seu látego nos desavisados que demoravam a abrir caminho. Ao ver a multidão em volta da praça, dirigiu seu corcel em direção à aglomeração. Logo uma clareira se abriu e o jovem, rindo, empinou o cavalo em direção ao profeta. O profeta não se fez de rogado e, sem sequer piscar, ergueu seu cajado e brandiu em direção ao animal. O movimento pegou cavalo e cavaleiro desprevenidos; o animal recuou sobre as patas traseiras, desequilibrando a montaria, indo ambos, cavalo e cavaleiro ao solo. O populacho soltou uma sonora gargalhada, e um Thomás entre envergonhado e enfurecido levantou-se e, num ato contínuo, sacou sua espada, indo em direção ao pregador. A multidão fez silêncio. Todos corriam os olhos para Thomás e voltavam para o profeta, que sereno, esperava a morte. Thomás chegou a uma distância de três passos, ergueu sua espada e antes do golpe final, uma voz fez-se ouvir:

- Filho, não se mata um homem santo, a não ser que tu queiras a danação eterna! abaixe esta espada, vamos para o Castillon, afinal você deu inicio a esta confusão toda. Deixe o santo homem em paz.

Com estas palavras o Conde deu meia volta em sua montaria e partiu. Thomás sorriu para o pregador e entre os dentes disse:

- Quem sabe outro dia...

Embainhou novamente a espada, montou em seu cavalo e

saiu ao galope, derrubando quem estava em sua frente.

O pregador, como se nada houvera, continuou exatamente de onde tinha parado, exortando a todos partirem para salvar a sacrossanta cidade.

Para nós, os De Champs, a vida não mudava; eram um eterno plantar, colher, preparar a terra, plantar de novo. Para meu irmão e meu pai era assim que as coisas tinham que ser. Eu, no entanto, nascera com um dom especial, muitos achavam divino até. Desde a mais tenra idade era capaz de me lembrar de coisas vistas e ditas somente uma vez, e com uma riqueza impressionante de detalhes, bastava entrar em um cômodo por algum instante e pronto! A mobília, sua disposição, cor, quantidade, arrumação do local, enfim, em poucos momentos conseguia absorver tudo em minha volta. Hoje chamaríamos de memória eidética a esta capacidade, naquela época, acreditávamos ser um dom divino! Isso para mim era motivo de tristeza, pois os meninos da cidade me atormentavam de sobremaneira. Com diversos apelidos, caçoando e zombando de mim, muitas vezes fui surrado e, por isso, me transformei num rapaz retraído, quase não saía de casa e, quando o fazia, era para ir com meu pai para a lavoura de trigo, ou quando muito, aos domingos, quando íamos todos à feira, mas eu não saía de perto de meu irmão mais velho.

Por causa da memória eidética, minha mãe prometeu me entregar à igreja, para dedicar o dom divino a obra de Deus. Eu, no entanto, não desejava aquela vida, queria plantar e colher, brincar como meus irmãos e poder tomar banho no Somme, no verão. Porém um dia acordei com minha mãe me sacudindo afoita. Atordoado, levantei com ela atirando as roupas na minha cara, falando:

- Ande, se apronte, vá lavar o rosto, pois tem um noviço aí embaixo; ele quer te levar para ver o Bispo. Vamos, seu preguiçoso!

E saiu feliz da vida murmurando:

- O Bispo! O Bispo em pessoa que ver meu filho!

Vesti-me e, sem tomar o desjejum, sai meio trôpego para a luz do dia, tentando seguir os passos rápidos do acólito. Em nenhum momento ele me dirigiu a palavra. Seguia à frente e eu, sonolento, tentava acompanhar. Cheguei à Igreja de Amiens, não esta bonita de hoje, mas a antiga de teto de madeira, com janelas pequenas, uma porta principal, e duas nos fundos: a da esquerda dando para o cemitério e a da direita para dentro do mosteiro. Ao entrar na nave principal, ajoelhei-me para rezar, mas fui impedido pelo acólito, que além de me pegar no braço e forçar a me levantar, completou com as seguintes palavras:

- Vamos! O Bispo é um homem ocupado! Novamente me vi indo atrás daquele homem: segui-o pela porta da direita, percorrendo um corredor extenso até atingir um átrio, onde se via um refeitório do lado esquerdo, vazio a essa hora. Do lado oposto à minha frente, havia uma cerca baixa de madeira, onde pude ver a horta e, ao fundo um galinheiro, uma pocilga, um curral e outros estabelecimentos necessários para a manutenção do mosteiro e seus residentes. Sem delongas, o meu acompanhante virou para o corredor da direita, sendo seguido por mim, que estava com o coração descompassado por ter que andar rápido e mais ainda pelo espanto de toda aquela situação inesperada. Pude ver, de relance, um cômodo onde as camas ficavam de frente umas para outras, com um espaço vazio no meio, exceto por uma cama encostada na parede do fundo bem no meio do vão. Nesse momento, o rapaz deu duas batidas rápidas numa porta onde o corredor terminava. Pude ouvir uma voz dizendo:

- Entre!

O acólito fez um sinal para que eu esperasse e, apressado, entrou. Aproveitei para olhar em redor e pude ver que, do lado oposto ao alojamento que eu notara antes, havia uma porta trancada e um corredor cheio de pedestais com estátuas - que depois eu viria a saber serem de mártires da Igreja, e nas paredes, quadros pintados toscamente, mostrando cenas bíblicas e o martírio de Nosso Senhor Jesus Cristo. Ainda estava na minha inspeção quando a porta se abriu e o acólito saiu, fechando-a. Olhando-me disse que só respondesse o que fosse perguntado, que ficasse de cabeça baixa, e que o chamasse de Vossa Reverendíssima. Aquiesci com um movimento de cabeça, e ele achando que eu estava pronto, tornou a abrir a porta.

Entrei. A suntuosidade do local me assustou: o cômodo era enorme, com uma mesa ao centro e oito cadeiras dispostas; tinha uma lareira que estava acesa, uma cama encimada por um dossel e o chão possuía um enorme tapete com motivos religiosos, bem como nas paredes[1]. O Bispo estava sentado à cabeceira da mesa, estendeu uma das mãos para que eu a beijasse e me abençoou com a outra. Após isso, me mandou levantar e disse num tom baixo, quase inaudível:

- Então este é o rapaz de quem todos nesta cidade comentam?

Ao mesmo tempo em que me examinava de cima a baixo. Quando se deu por satisfeito, perguntou-me:

- Rapaz, como você se chama?

- Phillipe, Vossa Reverendíssima

- É verdade o que falam de ti?

- Depende do que falam, Vossa Reverendíssima.

- Pois bem, verei agora se é verdade: você tem alguns instantes para olhar este cômodo. Depois o mandarei sair. Algumas coisas serão trocadas de lugar; você entrará de novo e me dirá o que foi trocado e onde estava anteriormente. De acordo?

- Sim, Vossa Reverendíssima.

- Podes começar agora.

depois de um certo período disse:

- Saia, teu tempo acabou! Falou o Bispo.

Saí e fiquei do lado de fora por um tempo, que parecia uma eternidade. Até que a porta se abriu novamente e, após eu entrar, o Reverendíssimo falou:

- Podes começar.

Pra mim, acostumado que era a estes joguetes, pois cada vez que visitava uma casa nova, com minha família, as pessoas pediam para eu fazer exatamente isso, era tranquilo, entediante até. Após numerar os itens que estavam fora de lugar e onde deveriam estar, calei-me, aguardando a manifestação do Santo homem.

Como ele nada falou, levantei os olhos e o vi contemplativo a me fitar. Por muito tempo assim ficou. Até que disse num tom estupefato:

- Meu jovem! Este dom tem que ser empregado em favor do bem. Deus te abençoou para que possas usá-lo em sua obra. A partir de agora vais vir todos os dias na parte da tarde para aprender a palavra de Deus. Vou mandar um monge à sua casa avisar seus pais que as suas tardes serão dedicadas ao aprendizado divino, e quem sabe, se não acabas sendo ordenado Padre. Tenho grandes planos para ti. Grandes planos.

Agora te vai, está na hora da terça (missa das 09h00min, oportunidade da missa solene; neste horário os nobres apareciam para rezar). Tenho a Santa Missa para oficiar e a nobreza não gosta de esperar.

Saí pelo mesmo caminho que viera, aborrecido e cabisbaixo, pois jurara que nunca seria Padre. Nunca.

Cheguei a casa e minha mãe me cercava tal qual um lobo cerca uma ovelha antes do bote fatal. Não aguentando esperar, e como eu não dava mostras de abrir a boca, indagou-me:

- Então, o que o Santo Homem queria?

- Queria não, respondi-lhe, quer.

Quer que eu vá estudar todas as tardes no mosteiro; cismou que tenho que dedicar minha vida a Deus, coisa que não desejo!

- Meu filho, aproveite esta oportunidade, estude, e caso não desejes ser Padre, tudo bem, pelo menos você terá aprendido algo. Ou desejas ficar na lavoura? Tu sabes como a vida de seu pai é sofrida, as terras nos são arrendadas e, se o Conde desejar, nos toma tudo de volta e entrega a outro agricultor. Um terço do que produzimos vai para o Rei, outro terço para o Conde e nós que suamos diuturnamente ficamos somente com um terço.

Se a vaca dá leite, lá se vão dois terços embora; a porca teve filhotes, teu pai engorda-os e mais dois terços na mesa do Conde e do Rei. É isso que queres pra ti? Aproveita a chance ímpar de mudares de vida, e com isso, quem sabe, não mudará a nossa também?

Sábias palavras, vinda de uma camponesa sem nenhuma instrução. Eu, com meu conhecimento, realmente mudei a vida de todos da família, mas não da forma pensada por ela.

O Conde, acompanhado de um Thomás irado pela humilhação que sofrera na praça, chegou aos pés do portão principal do Castillon, fortaleza com fama de inexpugnável, encimada num outeiro, de costas para o Rio Somme, que distava uns dois quilômetros. À época possuía um fosso seco em sua volta, com largura suficiente para impedir o ataque direto de uma torre móvel. Em intervalos regulares, possuía torres com seteiras nelas, chegava-se ao topo das torres através de escadas em caracol por onde passava somente um homem; o que dificultava a descida do inimigo, caso uma delas fosse dominada, pois teriam de combater um a um. Na frente do portão havia dois barbacãs[2] com torreões e seteiras, de onde se podia atirar flechas ou jogar óleo fervente, pedras e o que mais se pusesse à mão. Os ataques eram realizados diretamente no portão, que era feito de tora de madeira, aberto totalmente em tempos de paz, e fechado completamente nos cercos. Dentro havia um pátio, que circundava todo o muro, grande o suficiente para caber oitenta homens com seus cavalos. No costado sul (lado oposto do rio), ficavam as cavalariças e a ferraria, ambas feitas de pedra. Havia ainda um alojamento, com espaço para caber o dobro de homens do pátio, logo ao lado direito, passando o portão. Do lado direito da entrada ficava o corpo da guarda, onde sempre havia dois guardas de serviço. De dia, em pé ao lado do portão aberto e, à noite, dentro da guarita, que lhes permitia observar quem chegava com relativa segurança. No portão principal havia uma porta por onde poderia passar um homem a pé ou desmontado do cavalo, puxando sua montaria. No lado esquerdo, com a entrada próxima da guarita, se descia para a masmorra, onde ficavam presos os inimigos do Conde. No centro do pátio, a alma do Castillon: a torre cuja entrada era de madeira maciça, igual ao portão, mas de tamanho menor, permitindo somente a passagem de quatro homens equipados por vez, quando totalmente abertos. Após a porta, o salão onde se faziam as refeições em dias de festa ou comemorações. Atrás desse, uma escada que dava para os aposentos superiores e para o topo da torre, de onde o Conde comandava a defesa do Castillon. Havia ainda uma cozinha, e, por fim, as latrinas; parte mais fétida de todo o lugar.

O Conde entrou no local que considerava seu lar, os cheiros impregnavam suas narinas; algo como mofo, suor velho e carne assada. Seus criados estavam à sua espera. Arrastando-se logo atrás dele um emburrado Thomás. Seu pai sentou-se à mesa e fez sinal para seu odiado filho sentar-se também; o que, a contragosto, obedeceu.

- Seu bastardo!!! Berrou.

- Pretendias matar um Padre na frente de todos? Já não basta o trabalhão que tive para convencer o Bispo daqui a não te excomungar; lembra-te de quantos deniers[3] de prata tive que pagar para ser absolvido por surrar aquele Padre?" "Seu idiota! Assim você me deixa falido!"

Thomás olhou para seu odiado pai, pensou em retrucar, mas, ao invés, respondeu com a tranquilidade de quem já havia decidido algo em segredo:

- Sr Conde, vou até as cavalariças verificar se está tudo em ordem, pois trinta besteiros genoveses contratados a soldo chegaram hoje e desses, dez vieram montados. Além desses besteiros, receberemos daqui a quatro dias mais sessenta soldados de nossos ducados de Marlle, Coucy e La Fere. Portanto, desejo verificar pessoalmente os preparativos para hospedar nossos homens. O Senhor está de acordo?

Eguerrand estacou, olhou para seu filho e concordou com a cabeça, mas não deixou de pensar que ele estava aprontando algo; sempre que o rapaz adquiria esta calma plácida era por que já bolara alguma vingança maquiavélica. O Conde estremeceu só de pensar e, por um momento, teve pena do coitado. Por sobre seus ombros arrematou:

- E nada de vingança com o ermitão! Deixe-o em paz!

Contudo, Thomás já havia saído e, se ouviu, nada disse.

Thomás estava absorto em seus pensamentos:

- Este Padreco vai me pagar, quem ele pensa que é para me desafiar na frente do meu povo? Esta noite reunirei meus homens e o Chevalier noir[4] (cavaleiro negro) voltará a galopar.

Esse pensamento o acalmou e, sorrindo, procurou seu alcaide Baptiste para fazer os preparativos.

O dia passou sem maiores problemas; o Conde recebeu a visita do Bispo Godofredo, (que passaria à história como São Godofredo), recém empossado na Igreja, a fim de ouvir sobre o acontecido na praça. O Conde ficou irritado todo o dia, pois o Bispo exigiu que Thomás aparecesse no dia seguinte, por ocasião da missa solene, descalço, a fim de se penitenciar pelo ocorrido na praça.

Thomás riu-se ao saber das exigências do Bispo. E disse com um ar zombeteiro:

- Só isso? Faço com prazer, é um preço baixo demais. E saiu-se rindo.

Seu pai, depois desse episódio, teve a certeza que algo ruim estava para vir. No entanto, sabia também que somente Deus conseguiria pará-lo, se ele estava decidido a fazer algo. E, caso quisesse tentar impedi-lo, somente através de um filicídio daria resultado. Não estava preparado para matar seu único herdeiro mesmo que o considerasse filho do pecado de sua esposa, já que pela lei sálica, somente homens poderiam herdar o título e as posses de seu pai. Portanto, deu de ombros e entregou nas mãos de Deus.

A noite caiu. E por volta das completas[5] o Conde de Marlle desceu para a cavalariça. No caminho chamou seu escudeiro para ajudá-lo a se vestir, enquanto seus lacaios junto com Baptiste já aguardavam no local. Aproveitaram o momento para repassar o plano de ataque tão bem imaginado por ele.

Após o incidente na praça, o dia do Pregador correu normalmente como sempre. Ficou pregando até começar a escurecer. Então ele e seus arrebanhados foram até a saída norte da cidade, bem no sopé de uma colina. Os seus seguidores levaram algum mantimento conseguido com os vendedores na praça. Aqueles que ficavam no acampamento, providenciavam alguma caça, raízes e brotos. O que se pudesse pegar na floresta. Logo um cheiro de comida surgiu no acampamento. Pedro, o pregador, reuniu todos, que não deviam passar de cinquenta pessoas entre homens e mulheres, para rezarem antes da refeição ser servida. Neste exato momento, um monge apareceu montado trazendo outro animal e, ao ver a cena, se reuniu ao círculo formado. Findo o ato, o monge aproximou-se do pregador e após uma breve conversa, montaram nos animais e partiram em direção à cidade.

O Eremita de Amiens fora convocado para conversar com o Bispo, assunto que somente ambos poderiam contar; entretanto fora convidado para o jantar e para assistir as completas, sendo liberado logo após. Enquanto Pedro estava na Igreja assistindo as completas, Thomás, agora travestido como o temido Chevalier Noir, junto com seus asseclas, todos mascarados e com os escudos pintados de negro, partiram em direção ao acampamento de Pedro. As pessoas da cidade quando ouviam o galopar dos cavalos se escondiam assustadas. Portas e janelas eram trancadas, orações feitas pedindo proteção. Os desavisados que se deparavam com a marcha dos cavaleiros da morte, não sobreviviam para contar história. O terror semeava a noite com sangue e morte. Era o prelúdio do apocalipse chegando à Terra. Todos do povoado sabiam que, no dia seguinte, a desgraça teria caído sobre alguém. Era a mão pesada do satanás massacrando os homens de bem.

Thomás seguia à frente sempre acompanhado de seu braço direito, que galopava calado. Baptiste sabia que seu senhor quando colocava em seu rosto aquele olhar sombrio, nada poderia demovê-lo da ideia; portanto, bastava somente segui-lo e protegê-lo o máximo que pudesse. Afinal era para isso que recebia o seu pagamento: lutar, guerrear, e matar sem perguntas. Ao se aproximarem da colina, O Conde de Marlle apeou, seguido por seus dez comandados. Baptiste, a um comando de Thomás, pegou cinco cavaleiros, deu a volta pela colina se embrenhando na floresta, e espalhou seus homens de maneira a executarem um ataque em todas as direções. Thomás e os quatro restantes se incumbiriam de atacar frontalmente. A um assovio dado pelo próprio Baptiste, o Conde montou, seguido por seus homens e começaram o ataque. Tochas acesas foram atiradas nas barracas improvisadas. O fogo as consumia rapidamente; logo a fumaça e o calor acordaram as pessoas que, sonolentas e desconhecendo o perigo que as aguardavam, corriam para fora encontrando o gume afiado da espada de Thomás e seus capangas.

O cheiro de sangue o excitava, o fazia sentir-se poderoso. Os gritos e gemidos eram música a embalar sua fúria. Homens eram degolados assim que saíam das barracas, e mulheres eram feitas prisioneiras. As velhas, mortas ali mesmo; as novas eram presas para servirem a luxúria de Thomás e seus homens. Não havia nada melhor para o Conde de Marlle que um estupro após uma matança. E, afinal, seus homens também precisavam descarregar toda a tensão do combate. Nada melhor para isso que pegar uma moça de carne tenra e pele macia. O sexo não consentido era a melhor maneira de aliviar essa tensão. Os discípulos do Profeta que conseguiram sair com vida das barracas, encontravam a morte ao se embrenharem na floresta, através do frio aço de Baptiste e seus homens, colocados lá para este fim. Os gritos que varavam a floresta chegando até uma amedrontada Amiens, aos poucos foram rareando, até se extinguirem por completo. Brasas e a fumaça do incêndio no acampamento ficaram como testemunhas do brutal massacre ocorrido. Um Thomás ensandecido procurava, dentre os mortos pelo ermitão. Não o encontrando, indagou a uma das prisioneiras onde estava Pedro. A ouvir a resposta, uma fúria incontida tomou conta de seu ser. Sua mão direita desembainhou a espada e em um só golpe a coitada foi decapitada. O cavaleiro negro, após esta cena dantesca, acalmou-se tomando uma das prisioneiras pelas mãos atirando-a ao solo. Esse foi o sinal para que a sevícia coletiva começasse. As cenas eram de pura selvageria; as mulheres imploravam aos prantos e, quanto mais pediam, mais Thomás e seus homens se deliciavam. As que sobrevivessem do massacre e dos estupros seriam vendidas nos prostíbulos ingleses da Bretanha e da Aquitânia, o que lhe daria um dinheiro extra e serviria como exemplo a todos aqueles que se opusessem ao seu Senhor. Enquanto isso Pedro, o Eremita, cantava o Te Deum tranquilamente na Igreja. Terminada as completas, o Bispo de Amiens o chamou para conversar em seus aposentos. Ao partir, levava dinheiro para a sua cruzada contra os infiéis e um coração esperançoso de sucesso.

A alegria e a esperança logo abandonaram o coração do pobre homem. Ao se aproximar do acampamento divisou a fumaça e a destruição; mesmo antes de desmontar seu coração já estava mortificado. Viu os corpos espalhados pelo chão da floresta dando um mudo testemunho da carnificina que assolou seu rebanho. O silêncio sepulcral invadia o acampamento e seus ouvidos, sendo somente quebrado por um pio de coruja de tempos em tempos. Ajoelhou-se e eivado de dor, pôs-se a rezar pedindo a Deus que recebesse a alma dos que ali foram martirizados. Após lavar sua dor com o pranto derramado, resolveu montar de volta e ir até o seu amigo Bispo a fim de solicitar ajuda para dar um enterro cristão aos seus. Tão logo chegou ao sacrossanto edifício foi recebido pelo Bispo que, ao saber do acontecido, acordou todos os Monges do mosteiro. Uma carroça fora providenciada, lençóis separados, e munidos desses materiais caminharam até o local do massacre. São Godofredo em pessoa comandou o resgate dos corpos. E ele próprio designou um local no cemitério situado nas costas da Igreja. Rezando também a missa de corpo presente.

Os sinos soaram diferente nas primas, revelando que a morte passara pelo povoado. Coisa que nós os pobres campônios já esperávamos, pois noite de cavaleiro negro era noite de desgraça, dor e morte. O que não se esperava era uma profusão tão grande de corpos. A missa foi rezada do lado de fora, no cemitério, já com os corpos colocados em cova comum. Como não havia caixão para todos, resolveu-se embeber lençóis em terebintina e envolver os cadáveres com esse pano. O sermão do Bispo foi ferino; sem citar nomes atingiu a nobreza de Amiens com punho de aço, invocando a maldição divina a quem cometera aquela chacina. Thomás não apareceu, bem como seu pai, o Conde de Amiens; entretanto, a missa solene da Terça, onde o Conde sempre comparecia, estava cheia de aldeões, todos desejosos de verificar o embate que se travaria, entre a casa de Deus e o poder terreno.

O sermão do santo homem foi duro, atingiu o Conde e sua família onde mais doía: a moral e a danação eterna. Foi dito que todo o homem que tenha participado, ou ainda, que sabia e não impediu, estava sendo excomungado naquele momento. E amaldiçoou até a quinta geração os descendentes de tal profanador. Ao lado do altar estava Pedro, o ermitão, descalço como sempre, com roupa rota e seu cajado, a face coberta de fuligem como testemunho mudo da noite que passara. O Conde de Amiens ficou lívido ao ouvir o sermão, mas a nobreza não se rende, e após o término da missa, estava lá, beijando as mãos do Bispo.

O povo seguiu seu caminho e esse foi o assunto recorrente durante dias. O bom ermitão foi escoltado por um séquito de monges e Padres até a cidade de Troyes. Muitos anos depois surgiram lendas de um Eremita que combatia nas cruzadas, ao lado dos Lordes. Um pouco depois do surgimento desta história do monge combatente, eu descobriria a verdade de uma maneira impensada.

O CASTILLON

A pós a missa solene, Eguerrand I, o Conde de Amiens, Boves, Coucy e La Fére, saiu apressadamente rumo ao Castillon. Lá chegando, Conde Eguerrand chamou seu escudeiro e o mandou acordar Thomás, que ainda dormia a sono solto. O pobre rapaz saiu temeroso, pois o Conde de Marlle detestava ser acordado, ainda mais depois de uma noite "agitada". Ao chegar à frente da porta de Thomás, deparou-se com um guarda parado sendo impedido por esse de perturbar o sono do Conde. Aflito, retornou para o salão principal para comunicar ao Conde Eguerrand a impossibilidade de acordar seu filho.

O Conde encontrava-se conversando com o tesoureiro e o administrador para organizar a estadia e o pagamento dos homens, e como era época de colheita, logo haveria a moagem da farinha, os porcos estariam prontos para o abate, as vacas dariam a luz; portanto, estava chegando o tempo do recolhimento do imposto, ou como nós apelidamos do "terço", pois um terço de cada coisa era o que cabia a nós. Essa tarefa ficava a encargo de Thomás, impiedoso e de coração duro como uma pedra; com ele, não adiantava se lamuriar e nem chorar. Nada comovia, nada escapava das suas garras. Entretanto, o tesoureiro respondia diretamente ao Conde Eguerrand, o que tirava todo comandamento de Thomás sobre ele, cabendo ao Conde de Marlle somente recolher o que lhes era de direito e zelar pela segurança da mercadoria, do dinheiro e do tesoureiro. O Conde de Amiens, ao perceber que Thomás não aparecera, indagou ao seu escudeiro com um aceno de cabeça. O pobre rapaz gaguejou algo inaudível ao Conde, que conhecendo o seu filho, já adivinhara a resposta.

Com um berro, mandou o pobre rapaz correr atrás de Baptiste e avisá-lo que ele e o Conde de Marlle tinham que se apresentar no salão antes da conversa acabar, caso contrário, expulsaria ambos do Castillon, e teriam de viver esmolando pelas ruas de Amiens. Baptiste, ao ser avisado da ordem do Conde, apressou-se em ir chamar Thomás. Ao entrar no quarto, deparou-se com a cena corriqueira para ambos: um Thomás bêbado deitado com duas serviçais. Baptiste jogou água em cima de Thomás, assustando-o, fazendo com que ele pulasse da cama, procurando sua espada. Ao se deparar com Baptiste riu e, ao mesmo tempo, fez uma careta devido à ressaca que sentia.

O recado fora transmitido enquanto se arrumava e Thomás apressou-se para descer as escadas. Lá chegando, avistou seu pai, que fez um sinal para esperar, pois logo começaria a conversa.

Enquanto esperava, Thomás aproveitou para beber e comer algo. Logo seu pai o chamou e, mandando a criadagem sair, começou a conversar. De imediato, lembrou-lhe que estava na hora de recolher os impostos, para eles e para o Rei. Em seguida, perguntou como foi a noite, e ante o sorriso zombeteiro de Thomás, exaltou-se, começando a gritar com o filho. Repetiu o sermão do Bispo, disse que nunca se sentira tão envergonhado, nunca um Conde fora tão desmoralizado, graças à pequena visão dele, que ele simplesmente poderia deixar o eremita ir embora, pois era um inseto insignificante, mas agora Thomás com sua vingança idiota o transformara num mártir. Ele e os mortos seriam eternamente lembrados.

Por causa disso, toda a sua família seria excomungada. Ordenou que Thomás fosse se confessar ao Bispo no sábado, ele e todos os participantes. Caso isso não acontecesse, ele o deserdaria; teria seu nome apagado da árvore genealógica da família e seus cupinchas seriam expulsos do castelo imediatamente, sendo obrigados a deixar para trás todos os bens e posses que possuíam. Aos berros, disse que o cavaleiro negro deveria somente ser usado para pilhar e atacar os outros condados, não para uma vingança mesquinha. Jurou por São Dinis[6] que cumpriria todas as ameaças, uma por uma. E com essa jura deu por encerrada a conversa com seu odioso filho.

Thomás ficou boquiaberto, nunca vira seu pai assim. Sabia, por atos passados dele que uma vez jurada pelo padroeiro da França, sua palavra não voltaria atrás. O código da cavalaria era cumprido fielmente por seu pai. Jamais cometera um perjúrio na vida, e certamente não começaria agora, ainda mais sabendo que ele era o causador de tudo.

Contrariado, o Conde de Marlle aquiesceu. Contudo, por dentro, fervia de raiva. Assim que saiu do recinto jurou que um dia seu pai ainda pagaria por tudo.

Baptiste permaneceu calado, não era de bom alvitre abrir a boca nesta hora. Coitado do escudeiro de Thomás, pois foi nele descontado toda fúria de seu Senhor. O pobre rapaz fora chamado para preparar a montaria do Conde e, como achou que o serviçal estava demorando demais, entrou estrebaria atrás do escudeiro e lá aplicou uma surra no moço. Mais calmo, saiu a galope, sem dizer aonde ia.

Thomás galopou com fúria pelas ruas de Amiens até sair da cidade, indo a uma taberna onde sabia poder encontrar um colo macio e um copo de cerveja.

Enquanto isso, Eguerrand de Boves, mais calmo, resolveu dar por encerrada a reunião com seus administradores e foi até o alojamento onde se encontravam os besteiros genoveses. Lá chegando, procurou o chefe deles, Giuseppe, que reclamou:

- Sire, já passa um mês que aqui estamos e ainda não recebemos o primeiro terço do pagamento prometido. Já não sei o que falar para meus homens. O Conde de Amiens aquiesceu e lhe pediu um tempo mais, pois já estava resolvendo a situação. Aproveitou e perguntou se ele e seus homens não gostariam de receber a metade de um butim[7]. Caso concordasse, seria considerado o primeiro terço do pagamento devido. Giuseppe lembrou-lhe que dinheiro era dinheiro e, desde que não fosse um ataque direto à sua querida Gênova, ou aos seus habitantes, ele concordaria. Entretanto, o butim teria que ser igual ou de maior valor à quantia que lhe era devida. O Conde lhe disse que seria dinheiro mais que suficiente para quitar a dívida e virando-se, saiu com um sorriso no rosto.

Eguerrand I estava radiante; a primeira parte do plano de enfraquecer o Rei Carlos VI, através de ataques aos condados franceses estava completa. Logo iria levar dor e sangue para Estevão II, o Conde de Blois. O fato é que não havia nada contra o Conde de Blois, mas o condado ficava perto das possessões inglesas na França e como ele havia feito um tratado secreto com o Rei Etelredo para espalhar o terror pelas terras Francesas, essa era uma boa escolha. Além do mais, a Inglaterra ficaria com a culpa devido à proximidade das terras, e ele ganharia um dinheiro extra com os bens apreendidos. Que seriam vendidos para os ingleses nas feiras dos seus condados por um bom dinheiro. Mandou Baptiste procurar seu filho, pois tinham assuntos de guerra para tratar. Baptiste não precisava procurar muito, sabia que Thomás estaria na taberna bebendo ou fazendo sexo com uma das prostitutas. Chegou-se na taberna e perguntou ao taberneiro em qual cômodo o Conde de Marlle se encontrava. Subiu as escadas e pode divisar pela cortina imunda o vulto de Thomás de pé com a prostituta aos seus pés chorando. Baptiste, acostumado a essas cenas, não se importou, somente chamando o Conde e lhe dando o aviso.

Ele ouviu a mensagem e, a contragosto, mandou-o esperar lá embaixo enquanto se aprontava. O lacaio saiu e, enquanto esperava, pediu uma caneca de cerveja para fazer hora. O Conde de Marlle apareceu com seu sorriso sarcástico, comum quando se encontrava tranquilo. Baptiste olhou para a moça que descia atrás do Conde e pôde ver, pela manga rasgada de seu vestido, que fora bastante maltratada. Como compensação, Baptiste lhe atirou uma moeda de prata, dinheiro suficiente para um mês sem trabalhar. Os olhos da moça brilharam. Baptiste, indicando com um pequeno gesto que era para a moça ficar calada sobre o acontecido, virou-se e saiu à procura de seu cavalo e do seu Conde.

Chegando ao Castillon, foi direto para a sala de guerra, como seu pai gostava de chamar. Eguerrand lá se encontrava com Giuseppe, o comandante da guarda de sua fortaleza e o cavaleiro Pierre, um sem-haveres[8], que era regiamente pago pelo Conde para lutar nos duelos com o estandarte de Amiens e ajudar nos ataques do Chevalier noir. O plano fora explicado: eles sairiam na noite de lua nova, dali a dois dias, para chegarem ao condado de Blois, exatamente na fase de lua cheia, onde começariam o ataque e as pilhagens. Determinou que seu administrador levasse carroças suficientes para recolher o fruto das pilhagens e que os besteiros possuíssem as flechas necessárias para a incursão.

O Castillon entrou num trabalho frenético: comida foi preparada rapidamente, espadas afiadas, armaduras polidas com uma mistura de vinagre e areia, os escudos pintados de preto, as lanças afiadas, as espadas amoladas e os animais alimentados e tratados.

O Conde proibira solenemente a saída de qualquer pessoa

do Castillon enquanto ele estivesse fora. Incumbiu o chefe da guarda a responsabilidade sobre o cumprimento dessa ordem. A pena imposta seria a execução sumária. Caso alguém conseguisse fugir de lá, a pena seria aplicada ao chefe da guarda e aos responsáveis pela desobediência. Os víveres necessários a manutenção e alimentação dos que ali ficavam seriam recebidos pelo portão lateral, sob os olhares atento do chefe da guarda.

A noite da partida chegara, finalmente. Vinte cinco homens, entre os quais cinco besteiros, estavam esperando o Conde de Amiens descer e montar seu cavalo. Não tardou e ele apareceu, tendo ao seu lado direito seu filho Thomás, radiante como de costume, ao se deparar com a morte e destruição. Mais atrás vinham Baptiste e o administrador, esse último visivelmente a contragosto.

Eguerrand montou e a um sinal seu, todos o imitaram, montando também. O Conde deu uma última olhada ao seu redor, ficando satisfeito com o que viu. Deu um grito para os guardas abrirem e todos saíram galopando noite afora.

A viagem ocorreu tranquila. Dormiam de dia e galopavam à noite. O tropel dos cavalos denunciava a população das cidades por onde o bando passava. E elas, acostumadas a uma vida de saques e mortes, se escondiam como podiam, rezando e pedindo proteção.

Conforme previsto, chegaram ao condado de Blois exatamente na noite de lua cheia. E, para aumentar o prazer dos invasores, a noite seria de "lua de sangue" [9], sempre um mau sinal para as pessoas, o que neste caso só serviria para aumentar o terror e medo do povo. A falange estava desde a madrugada anterior acantonada na orla da floresta. O Conde, agora escondido sob uma armadura toda negra, bem como seu filho, estava em sua barraca e dera ordens para que nenhuma fogueira fosse acesa, para não despertar suspeitas. As sentinelas estavam escondidas por trás das árvores e receberam ordens expressas de matar, sem pestanejar, a quem quer que surgisse. Entretanto, nada de incomum ocorrera: o dia foi-se trazendo com ele a tão desejada noite. Thomás sentia aquele frio prazeroso na barriga, normalmente sentido antes de um combate ou de seviciar alguém. Os homens riam e contavam piadas sobre o que fariam com as mulheres capturadas. O único que se mantinha calado era o coitado do administrador, cuja fama de bom homem o precedia. Ele só concordava em acompanhar esse traçado de destruição, pois o Conde de Amiens, anos atrás, ameaçara matar sua família e mantinha seu filho mais velho no Castillon, com a desculpa de adestrá-lo em armas. Em seu íntimo, o administrador esperava que tudo fosse uma ameaça velada e que sua família estaria bem enquanto ele o acompanhasse em suas incursões. Assim que a noite desceu, o Conde deu a ordem para montarem, dividindo os homens em dois grupos: metade iria pela entrada norte da aldeia e metade pela entrada sul. Os besteiros se posicionaram num monte a leste, de onde poderiam atirar setas incendiárias em toda a aldeia, que foram preparadas e colocadas à disposição; um braseiro fora aceso e colocado à frente dos besteiros. Todos estavam cientes que o comando de atirar seria dado pelo Conde e os homens a cavalo só entrariam após o fogo começar a consumir as casas. Os cavaleiros se posicionaram. Do alto do monte, ao lado de Giuseppe, Eguerrand aguardava os retardatários estarem prontos. A um sinal seu, o inferno de fogo começou a cair sobre os telhados de palha, não demorando a começar a consumir a aldeia: primeiro uma pequena fumaça apareceu e logo todo o local estava sendo consumido pelas chamas; as pessoas saíam aturdidas tossindo por causa da imensa nuvem de fumaça que se formara, muitas em roupas de dormir. A um sinal, com Thomás de um lado e Baptiste do outro, iniciaram o ataque. Espadas faiscavam na noite; cabeças eram degoladas; corpos pisoteados pelos cavalos; o cheiro de sangue invadia as narinas. Os animais, mesmo acostumados ao combate, relinchavam e escoiceavam para todos os lados. Novamente somente as mulheres novas foram poupadas. Nada escapava a fúria ensandecida dos criminosos. Quando a matança amainou, o Conde de Amiens desceu a encosta, e deu ordem para começar a pilhagem. A um sinal seu, o administrador aproximou-se com a carroça e, ao ver o mar de sangue que varria a rua, vomitou. Os soldados riram e gozaram do pobre administrador. Eguerrand lhe alcançou um odre com vinho e especiarias, bom para dar coragem a um homem. Logo o butim começou a chegar. Quando se deu por satisfeito, o Conde de Amiens se retirou, deixando sua tropa ao comando de seu odiado filho, com as mulheres capturadas.

Esta era a melhor parte para Thomás: o momento quando ele se refestelava com as mulheres. Ele desceu do cavalo e, num ímpeto, pegou uma moça que estava chorosa num canto. Isso foi o sinal para o os outros do grupo, que avançaram como feras ensandecidas em cima de um bando de ovelhas, acuadas, prontas para o abate.

E assim foi, durante duas semanas um eterno atacar, matar, roubar e estuprar. Até que o Conde deu-se por satisfeito e porque certamente o Conde de Blois já estaria em marcha para combater os bandidos que assolavam sua terra. Eguerrand, a fim de aumentar a pantomima, marchou em direção ao condado de Touraine. Lá chegando ia em direção norte até Normandie, passando por Maine e, ao chegar perto de Rouen, faria uma curva para a direita em direção ao rio Arques. Após atravessá-lo, partiria em direção a Amiens. O Conde de Blois certamente não se atreveria a segui-lo, pois seria parado em algum ponto no trajeto pelas tropas inglesas e certamente aprisionado. O mesmo não se sucedia com Eguerrand, graças a um salvo conduto assinado pelo Rei Inglês, dando-lhe passagem por qualquer uma de suas terras ultramarinas. Ledo engano, após dois dias de marcha, O Conde de Boves viu seus batedores vindo em sua direção a todo galope; mandou o cortejo parar, e foi em direção dos dois. Ao chegarem com seus cavalos suados e esbaforidos, explicaram ao Conde que Estevão, o Conde de Blois, o aguardava com um contingente de duzentos homens na travessia do rio Loire, entre a Cidade de Blois e Tours. O Conde abençoara sua previdência em destacar batedores para irem à frente do comboio e se surpreendera com a rapidez com que Estevão conseguira juntar seus homens, então, se reuniu com seus cavaleiros para traçar qual a seria a melhor rota. O Seu filho Thomás, como sempre desejoso de um combate, achou melhor um confronto, mas os cavaleiros decidiram que a quantia de oito para um seria arriscada demais para um enfrentamento. Além do mais, o butim tirava o ânimo do combate, pois todos queriam chegar são e salvos para usufruírem dos saques. Sendo assim, Eguerrand resolveu entrar ainda mais nos domínios ingleses, passando pelo condado de Anjou e indo por trás da cidade de Le Mans, o que aumentou a sua volta em mais cinco dias. O percurso dera resultado, pois não se ouviu mais falar no Conde Estevão e seus soldados.

OS DE CHAMPS

Nós éramos vassalos do Conde Eguerrand Boves, senhor de Amiens, e a ele devíamos parte de nossa produção: O famoso "terço[10]", cobrado em cima de tudo o que conseguíamos colher ou produzir. Os animais para abate eram selecionados da seguinte maneira: o terço era retirado dos machos, as fêmeas só eram retiradas em última hipótese, mas mesmo assim se deixava pelo menos uma fêmea para a reprodução. E o terço era então recolhido em dinheiro, caso não houvesse dinheiro, ficaríamos devendo para a próxima ninhada. O Conde era o braço real nas terras; a ele cabia ministrar a justiça, aplicar ou comutar penas, bem como redistribuir as terras sob sua posse, caso o detentor anterior caísse em desgraça.

O parco dinheiro que se conseguia era vendendo coisas na feira, com nossa parte do terço que sobrava, ou através de bolos, doces, artesanato. Qualquer coisa valia para ganhar dinheiro tão necessário.

A feira da praça funcionava aos domingos após a missa, mas durante a semana sempre havia barracas armadas, com pessoas dispostas a vender algo.

O meu pai era agricultor, como foi meu avô e o pai dele antes de nós. A minha mãe cuidava das tarefas domésticas, que não eram poucas. Completando a minha família tinha um irmão meu chamado Jean e uma irmã de nome Viviane; ambos com mais idade que eu, sendo meu irmão o mais velho de todos.

Desde pequeno minha mãe e meu pai notaram que eu era diferente dos outros garotos, pois era capaz de me lembrar das coisas desde a mais tenra idade, e isso causava admiração de todos. Um dos joguetes favorito das pessoas, quando eu ia numa casa diferente era me levar em um cômodo, deixando-me algum tempo lá e depois que eu saísse, indagavam onde ficava ou então qual a cor de tal coisa.

Devo salientar que nunca errei nenhum item, mas graças a esse dom, tornei-me uma pessoa arredia, cada vez menos tendo contato com as pessoas. As crianças, ao saberem deste meu dom, começavam a caçoar de mim, algumas até me batiam repetidamente; portanto, a minha infância sempre foi solitária, e assim eu andava pelos campos e matas de Amiens.

Com o convite do Bispo de estudar as tardes no mosteiro, passei a ir para a lavoura somente nas manhãs. Almoçava e ia até o mosteiro por um caminho que serpenteava ao lado do Somme indo até a parte de trás do cemitério, no alto do morro onde ficava a Igreja e o mosteiro. Eu entrava por uma brecha aberta no muro, feita por um carvalho centenário e, após passar pelas sepulturas, chegava à parte de trás da nave principal da igreja por uma porta lateral. Dai era só passar pelo altar e dirigir-me à porta situada no outro extremo.

Assim, todos os dias eu tinha acesso à biblioteca, onde comecei aprendendo ler, falar e escrever em latim. Com meus dons isso foi relativamente fácil e, com o passar do tempo, comecei a ler os livros sagrados.

Os monges ficaram boquiabertos com meu progresso, em curto período de tempo eu estava lendo e escrevendo em latim e, por isso, o Bispo determinou que se iniciasse o estudo do grego.

Eu saía por volta das vésperas, chegava a casa onde minha mãe deixava meu jantar pronto e, após a refeição, ia para meu quarto e repassava a lição do dia.

A minha família estava radiante e, dentre todos, minha mãe era a mais contente. Na Idade Média ter um filho Padre significava bonança para todos, além de ser sinal de status. Porém, ninguém lembrou me perguntar qual seria a minha vontade. O que eu desejava, de fato, era de somente poder estudar para trabalhar na corte de um Rei, ou de um nobre senhor. Sonhando acordado, me via na corte, sendo adulado por todos, casado com uma bela esposa e tendo muitos filhos, além de ter posses, muitas posses.

Os dias se passavam nessa base, de manhã lavoura, almoço e depois estudos. Até que chegou o mês de outubro e com ele veio a festa da colheita. A comemoração era feita nos anos em que a colheita era farta. E como a colheita fora farta este ano! Os celeiros estavam abarrotados de trigo e sorgo. O moinho de Amiens trabalhada dia e noite sem parar. As criações engordaram com o pasto farto e a água abundante; as pragas e pestes passaram longe dos campos e dos animais. O feno recém colhido enchia os campos.

A festa da colheita era feita no meado do outono, o que coincidia com o mês de outubro, num dia de domingo, quando o calor é mais brando, tornando os dias amenos e a noite com um frio agradável.

Nesse dia todos íamos à missa. O Bispo agradecia pela fartura e depois de encerrada a cerimônia, todos se dirigiam para a beira do Somme, numa área plana, onde os homens montavam as mesas, e as mulheres pegavam as comidas feitas de véspera.

Do alto de um morrote, a observarem todos, ficavam o Conde e sua família, assim como o Bispo e seu prelado, em uma mesa fartamente ornamentada

Nestas ocasiões era comum se firmar acordos, tratados, promessas de casamento. Após a refeição comunitária, os homens iam contar histórias e as mulheres ficavam a bordar e a conversar. Os rapazes mais velhos, mas com idade suficiente ficavam junto aos homens, mas a maioria ficava a olhar as moças, que podiam corresponder com olhadelas ou não. Os meninos iam brincar no rio, atiravam-se através de uma corda amarrada num pé de salgueiro, numa competição para ver quem iria mais longe rio adentro. Como disse anteriormente, eu mantinha-me afastado dos garotos de minha idade, ainda mais depois de começar a estudar na Igreja. Nessa ocasião, recebi um apelido que seria conhecido por toda Amiens, enquanto lá estive: "Padreco". O apelido me irritava, pois não queria nada com a igreja. Mas nesta festa, como sempre fazia, me destaquei, indo até o extremo direito do local, ficando bem distante dos folguedos dos garotos. Escolhi uma árvore frondosa e me sentei à sua sombra para ler "De Civitate Dei" (a cidade de Deus), de São Agostinho. Estava tão entretido treinando a minha leitura em latim que não notei o silêncio na beira do rio, quando percebi, já estava cercado pelos garotos, ainda molhados, me olhando com curiosidade e, acredito, com um pouco de inveja. Tentei levantar-me, mas ao fazê-lo fui contido por dois deles, que começaram a zombar de mim ao mesmo tempo em que alguém me arrancava o livro das mãos. Tentei pegar o livro, mas ficaram passando de um para outro, até que, no afã de pegar o livro, dei de encontro com um deles. Foi a deixa: a turba largou o livro, e sob o falso pretexto que eu agredira um deles, começaram a me bater. Caí ao solo, me recordo de colocar os braços em torno da cabeça. Fui chutado por todos os lados. Até que ouvi uma voz angelical, suave , mas ao mesmo tempo imperiosa,

- Chega! parem já com isso!

E como eles não paravam, ouvi um barulho seco, algo como "PAF!". Todos pararam atônitos e olharam para o menino que fora golpeado: da cabeça dele corria um filete de sangue. Olhamos rapidamente para ver quem havia aplicado aquele golpe e, para a nossa surpresa, era ninguém menos que Agnès de Coucy, filha de Eguerrand e meia irmã de Thomás de Marlle. Os garotos correram assustados, levando quase que arrastando o menino que recebera o castigo. Você está bem? Perguntou Agnès. Fiquei emudecido olhando seu cabelo loiro como a palha do milho. Corri os olhos e reparei no seu lindo vestido azul e vermelho, bem nas cores do brasão de Amiens. A sua voz mansa parecia uma canção de ninar e a sua pele alva como a neve me hipnotizara. Ela então abaixou e pegou o livro, folheando-o. Aproveitei para levantar-me sem tirar os olhos de tão angelical criatura. Após folhear o livro Agnès me perguntou: Como você consegue entender isso; isso é francês? Ainda estava inebriado por tão linda criatura. Se os anjos existiam deviam ser algo parecido com Agnès. Ela, vendo meu mutismo, repetiu a pergunta. Eu então lhe disse que era latim e que estava aprendendo junto com os monges na igreja, indo lá todas às tardes.

Agnès então me falou que adoraria aprender a ler, mas seu pai achava que mulher não deveria estudar, bastava somente saber organizar uma casa, bordar e fofocar, coisas de mulheres, e arrematou com uma gargalhada. Vi ali uma chance de tornar a ver tão bela criatura; perguntei-lhe gostaria de aprender a ler, se ela desejasse, eu a ensinaria, bastaria que aparecesse todo final de semana naquele lugar que eu a estaria esperando para as lições. A herdeira de Eguerrand adorou a ideia, mas pediu segredo absoluto, pois ninguém deveria saber do nosso acordo. Aquiesci. Bem no exato momento em que sua dama de companhia chamou-a, dizendo que seu pai estava se retirando, junto com toda sua comitiva para o Castillon.

Não via a hora de chegar o final de semana, principalmente os dias de sábado, onde Agnès podia ficar até um pouco mais tarde sob a desculpa de ir orar na Igreja. Coisa que ela realmente fazia, mas somente por uns minutos, tempo suficiente para pedir perdão por essa mentira, dizia ela. E assim fui ensinando a leitura em nossa língua pátria. Agnès anotava tudo em uma lousa, que depois entregava à sua dama de honra, ela repassava a lição à noite, quando se recolhia aos aposentos.

Durante certo tempo as coisas correram bem. Mas logo veio a época das chuvas e já não havia condições para ensinar Agnès, pois o mau tempo em Amiens dura dias. O seu aprendizado começou a sofrer uma interrupção séria até que ela veio a mim com a ideia de ensinar na Igreja, no alpendre da porta lateral. Retruquei; disse que o Bispo poderia saber e considerar um pecado um homem e uma mulher sozinhos. E que em virtude disso, poderia me proibir de continuar meus estudos no mosteiro. Agnès de Coucy, com seu ar travesso, disse que daria um jeito.

E deu! Durante minha aula, na terça feira após essa conversa, recebi um bilhete que me fora entregue por um monge. No bilhete estava escrito numa letra delicada e bem delineada: "sábado no alpendre lateral."

Bom, contei nos dedos os dias, e não aguentava de ansiedade para sábado chegar. Após o trabalho na lavoura, disparei em direção à igreja pelo caminho que ladeava o rio. Esse caminho passava lateralmente ao rio Somme, Havia ainda muitas árvores entre o caminho e as casas da região; construídas de costas para o rio, de maneira que, quem andasse pela trilha, ficaria completamente oculto. Assim que cheguei ao alto do morro, passei logo pela brecha entre o velho carvalho e o muro. Andei pelas sepulturas e mausoléus existentes até que a avistei de pé, com sua dama de honra ao lado. Linda como sempre. Aproximei-me e ela ao ver-me, sorriu com os olhos. Nesse momento meu coração acelerou e o tempo pareceu parar.

Ela me falou que conversara pessoalmente com o Bispo, que contara tudo a ele e havia pedido para aprender a ler. O Bispo parou por um instante, pensou e respondeu que, se fosse o seu desejo, ele poderia falar com seu pai e ela aprenderia com os monges. Agnès retrucou, disse que seu pai não acreditava que as mulheres deveriam aprender ler, e que se o Bispo lhe pedisse isso, certamente o Conde a proibiria de ir à Igreja sozinha. Teria de ir somente com ele ou seu meio irmão Thomás. E, ressaltou ela, o Bispo e seu pai tinham uma rusga. Certamente o Conde não perderia a oportunidade de alfinetar. O Bispo aquiesceu, disse que permitia. Desde que ela não falasse de seu envolvimento, pois, para todos os casos, ele nada sabia.

E foi assim que nós começamos a nos ver na Igreja, o que nos facilitou enormemente. O meu aprendizado deu uma acelerada enorme, pois o fato de ensinar a Agnès incentivou-me a querer sempre mais. Dessa forma, o meu aprendizado que seria somente ler e escrever em latim e francês, em face de meu progresso e meu desejo de aprender cada vez mais, ampliou-se para outras matérias ensinadas aos próprios Padres, com a autorização do Bispo. A partir desse momento, Aritmética, Geometria, Astronomia, Dialética, Retórica, Filosofia e Música começaram a fazer parte do meu universo escolar. Entretanto, o meu sonho era ser um cavaleiro. Queria aprender a arte do combate, ir a uma escola militar; Mas no fundo sabia que isso jamais aconteceria, pois era filho de campônio, e tinha muita sorte de ter como tutor um Bispo de uma renomada igreja como Amiens. E os meus professores extasiados com a minha dedicação mais me ensinavam.

Godofredo, o santo homem, não cabia em si de contentamento com seu pupilo. Todos os dias retirava uma hora entre os seus afazeres para dar uma espiada em meu progresso. Elogiando, comentava que se a igreja tivesse meia dúzia de Padres com aquela capacidade, os homens não pensariam mais em guerras. Seriam somente e totalmente dedicados a Deus e às suas obras. E assim foi até que um dia resolvi confrontá-lo, pois tinha medo que fosse obrigado a me ordenar. Esperei uma de suas visitas para verificar meu progresso e, aproveitando uma saída de meu preceptor, ficando somente nós dois na sala, pedi permissão para falar. Expliquei que me sentia honrado com a oportunidade que a Igreja, por intermédio dele, estava me dando, mas que eu não gostaria de ser Padre. Gostaria, sim, de colocar-me a serviço de algum nobre, ou quem sabe até mesmo do Rei. Mas se ele achasse melhor me tirar do aprendizado, eu entenderia. O Sacrossanto homem sorriu, disse que ele jamais deixaria uma pessoa com meu dom passar a vida na lavoura, que este dom era para melhor aproveitado em prol de Deus, do que saber se ia chover ou não. E quanto a ser Padre, bom, Deus decidiria isso. E foi-se, rápido e silenciosamente como veio. Os meus preceptores comentavam que o Bispo Godofredo possuía "asas de anjos nos pés" de tão silencioso que era seu andar.

Então me foi consentida a continuação de meus estudos, que iam de "vento em popa", assim como o ensinamento de Agnès, tendo eu a cada dia mais apaixonado por ela. Um dia, procurando algo para ler na biblioteca, achei um livro de com um poema chamado "La chanson de Roland", (A canção de Roland) onde o herói, Roland, sobrinho de Carlos Magno, é morto numa tocaia junto com seus homens na batalha de Roncesvales. Imediatamente peguei o livro e, após terminar de lê-lo, narrei o poema para Agnès, que o adorou. Vendo a quão maravilhada ficou com o poema, resolvi eu mesmo criar histórias para contar-lhe após as lições e foi assim que passei de professor a poeta também.

Um dia ao procurar um romance novo na biblioteca, deparei com o irmão Raphael parado no alto da escada com um olhar curioso. Nunca havia falado com aquele monge, pois ele era extremamente reservado, sempre mantendo distância dos outros. Possuía uma cicatriz no lado esquerdo de seu rosto, que começava no couro cabeludo, percorria toda face, terminando em seu queixo, o que dava a ele um aspecto horrendo. Curioso com minha procura, perguntou:

- Posso ajudar?

Respondi, meio a contragosto:

- Sim, eu desejo saber onde ficam os livros de poemas, pois li a canção de Roland e gostei, queria ler mais. O guarda livros (esta era a função do monge) riu e comentou entre os dentes "Oh! L'amour" (Oh! o amor). Muito solícito, entregou-me o poema épico de Tristão e Isolda. Na hora exultei, já imaginando a alegria de Agnès ao ver-me declamar os versos. Mas ao abrir decepcionei-me, pois o poema estava em inglês, língua que eu não sabia. O monge, ao ver meu ar de desapontado, perguntou o que acontecera. Expus o meu desconhecimento do idioma anglo-saxão. O monge apresentou-se, disse que seu antigo nome, na língua anglo–saxã era Acwellen, bastante significativo, arrematou ele, pois significa "o que mata". Continuando, contou que após se converter, havia adotado o nome de Raphael, que significa "Curado por Deus", em alusão à sua cura milagrosa. Esclareceu que, sendo inglês, poderia me ensinar o idioma, caso o Bispo aprovasse. Diante de tal oferta, corri para pedir uma audiência com o santo homem. Ao chegar à porta que dava aos seus aposentos, um dos seus criados aproximou-se e me avisou que o Bispo Godofredo estaria na horta do mosteiro. Pedi que ele me levasse até meu preceptor e, lá chegando, pude ver que havia um grande número de monges trabalhando. O fato é que no mosteiro todos eram obrigados a trabalhar. O dia era dividido da seguinte maneira, tendo como base as missas:

Começava com a missa das Matinas. Depois em sequência vinham Laudes e Primas. Às 7h30 café, onde todos se reuniam no refeitório e enquanto comiam, o monge mais velho lia uma passagem da bíblia. Às 8 horas todos iam a seus afazeres. Nesse momento respeitava-se o gosto de cada um, pois os próprios monges escolhiam dentre todas as coisas que se faziam no mosteiro, a que ele mais se identificava. Às 9, era hora da terça, a missa solene conduzida pelo próprio Bispo, quando normalmente a nobreza aparecia. Após a missa, novamente trabalho até às 11 horas, quando todos almoçavam. Nova leitura de uma passagem bíblica. Depois vinha a missa da Sexta; das 13 até 14h30, mais trabalho; às 15:00 h a chamada Nona, de 16 até às 18 horas era tempo dedicado ao lazer, onde os monges podiam ir a biblioteca ler, ir até um salão de reuniões e debater sobre uma passagem bíblica ou sobre a vida dos santos; depois do debate vinha as Vésperas. Depois das vésperas, os monges se reuniam para debaterem o dia seguinte; se havia algo importante para fazer que necessitasse da ajuda de todos, falar sobre o dia e as necessidades de cada oficina. Depois era hora das Completas, após isso, nos dias frios se tomava uma sopa quente, e iam dormir, até que o ciclo se Reiniciava com a missa das matinas. Como se dizia à época, os Padres ganham para rezar por toda a humanidade.

Godofredo, ao ver-me, pediu para entrar no cercado onde estava colhendo umas cenouras. E perguntou com um leve aceno de cabeça: o que te traz aqui, meu jovem? Expliquei-lhe, sem entrar em detalhes, que o Monge Raphael se propusera a me ensinar o inglês e se ele concordasse iniciaria logo.

O santo homem riu e falou que, para as minhas pretensões de servir em um castelo, o ideal seria que eu aprendesse. E que para as pretensões de Deus, isso era primordial. Portanto, eu deveria iniciar o aprendizado logo. E assim foi. Com o passar do tempo tornei-me amigo de Raphael, ou o "inglês" como gostava de chamá-lo. Até que um dia, a guisa de treinar o meu inglês, ele me perguntou quando eu entraria para o mosteiro, a fim de seguir o sacerdócio. Disse-lhe que nunca, pois na realidade o que eu gostaria mesmo era de ser um cavaleiro para combater e ir à guerra, matar o maior número de infiéis que fosse possível. Raphael ficou taciturno e disse: olha meu jovem, a guerra não tem nada de belo ou romântico como nos contos e canções, a guerra só serve para três coisas: fazer viúvas; deixar crianças órfãs e empobrecer ainda mais o povo. Pois o Rei, para bancar as altas despesas que são geradas pela guerra, aumenta impostos, além de recrutar os homens que necessita, tirando-os do campo. Esta guerra idílica só existe na sua imaginação, meu rapaz; ela é cruel e sanguinária e te transforma num monstro ensandecido, querendo cada vez mais matança, com sede de sangue. Eu sei bem o que falo.

Vou te contar a minha história e ao final, talvez você mude a sua concepção romântica sobre a guerra.

Há muito tempo, um jovem inglês, com os mesmos ideais que você possuía, resolveu alistar-se no exército de sua majestade, que juntava homens para combater os vikings, comandado por Olaf Tryggvason. Lutei na Inglaterra até que os expulsamos. Porém, como um lobo, havia adquirido o gosto pelo sangue, pela batalha. E como na Inglaterra não havia o que procurava, resolvi embarcar para as possessões inglesas aqui na França. Foi assim que um dia desembarquei e fui parar em Rouen. Logo estava novamente entediado, até que fiquei sabendo de uma "chevauchée"; era como chamávamos as expedições tipo saque-matança, onde entrávamos no território Francês a fim de desestabilizar o domínio dos Condes e Duques, além de enfraquecer o Rei da França. Começamos nas aldeias próximas, mas quando vimos tínhamos adentrado muito no território francês, sempre saqueando e matando.

Lembro de ter avistado ao longe a cidade de Beauvais, depois Compiegne, uma leve curva à esquerda e fomos em direção a Laon. Ao longe avistávamos o Castillon, encravado no alto de um outeiro. Caminhávamos em silêncio, por entre as árvores, a meio caminho entre o Castillon e Laon quando fomos surpreendidos por um exército numeroso, comandado pelo próprio Eguerrand I. Ali vi que tínhamos ido longe demais, neste momento soube que jamais sairíamos desta batalha vivos, nós mexemos com o orgulho francês e, portanto, a pena seria a morte.

Estávamos cercados: o exército do Senhor de Coucy estava postado numa colina, e o nosso contingente estava na baixada, ou seja, o terreno nos era desfavorável. Sabíamos que a única coisa que impedia o massacre imediato era a chegada da noite. Mas a manhã seguinte seria cruel. Aproveitamos o cair da noite para fazermos as pazes com nosso criador, não acendemos fogueira, pois pretendíamos procurar uma brecha entre o cerco para fugirmos. Homens foram sorteados para ficar e lutar, para que o restante tivesse uma chance de sobreviver, eu estava entre os felizardos que iriam escapar. Saímos na calada da noite, deixamos nossos queridos companheiros para morrerem, levamos cartas para a família, junto com a promessa de ajudá-las enquanto vivêssemos.

Dois dias após o cerco eu fora destacado como batedor, ficando à frente do agora reduzido contingente, quando o som da batalha chegou aos meus ouvidos. Corri o mais rápido que pude, mas no meio do caminho vi um cavaleiro vindo a galope em minha direção. A única coisa a ser feita nesse caso seria ficar parado até o último instante para então dar um salto para o lado e golpear as patas do cavalo, desta maneira o cavalo cairia e o cavaleiro iria junto e, antes que levantasse, eu estaria em cima dele e o degolaria. Sabe, é engraçado como o tempo demora a passar nessas horas, a impressão é que vi toda a minha vida se descortinando à minha frente, neste pequeno momento em que eu estava entre viver e morrer. O cavaleiro estava cada vez mais perto, podia sentir o chão tremendo embaixo dos meus pés; o suor pingava de meu rosto. Eu olhava fixamente para o cavaleiro e assim que visse os seus olhos através de seu elmo seria o momento de desviar-me e golpear o cavalo. Entretanto este cavaleiro era um homem experiente, anteviu meu movimento e, antes que eu desviasse, ele ficou de lado em sua sela, voltando seu corpo em minha direção. Quando tentei esquivar, dei de cara com a lâmina afiada de sua espada. Senti meu rosto queimar, a carne descolou dos meus ossos, o corte, como bem podes ver, foi da minha orelha até meu queixo, deixando todo osso da face exposto. Caí na grama alta, e antes de desmaiar, lembro de pedir perdão a Deus e esperar o cavaleio voltar para terminar o serviço. Acordei achando que estava no inferno; a noite ia alta. O meu rosto estava intumescido. Levei a mão até a minha face, mas só encontrei um buraco, onde antes havia carne. Foi quando ouvi um ruído, em princípio um som baixo, mas foi aumentando à medida que se aproximava. Eram os saqueadores, verdadeiros abutres que iam atrás dos exércitos. Ficavam esperando a batalha acabar para saquearem os mortos. Permaneci deitado pois havia perdido muito sangue e a minha condição não permitia que eu corresse. Fechei os olhos e, quando escutei os passos próximos de mim, ouvi nitidamente "achei mais um", vagarosamente peguei meu punhal da misericórdia[11] ao lado do corpo, esperei que o indivíduo estivesse exatamente em cima de mim e antes que ele pudesse perceber que eu vivia, o meu punhal entrou em ação, rasgando sua garganta. O único som ouvido foi um gorgolejo, o seu sangue se misturou com meu, já seco na grama e em minha roupa. Ao ouvir seu companheiro chamar pelo nome do morto, dei um salto; se era para eu morrer, morreria como um homem, de pé. O outro camarada, ao ver-me, ou melhor, ao ver minha face com os ossos expostos a luz do luar e todo banhado em sangue, soltou um berro e saiu correndo gritando:

- La mort! La mort!

Achando que eu era a própria morte que levara seu companheiro e agora estava querendo pegá-lo.

Guardei meu punhal e comecei a andar noite adentro, cada
passo dado era uma agonia; meu rosto, que agora voltara a
sangrar drenava minhas forças, mas o meu desejo de viver era
maior e por pura teimosia, continuei andando. Não sei quanto
tempo se passou, até que avistei a Abadia que somente depois
vim saber ser a de Nogent-sous-Coucy.

Entrei na igreja, que estava deserta. Quando os monges vieram para rezar, depararam com aquela figura cadavérica deitada em posição de cruz na frente do altar, semimorto.

O que passo a te contar agora me foi relatado pelos próprios
colegas. Os monges ficaram boquiabertos, até que o Abade determinou que o soldado ali caído fosse tratado, independente
de sua nacionalidade, pois a casa de Deus todos acolhe. Os
monges improvisaram um claustro desocupado como minha
enfermaria; o próprio Abade se incumbiu de coser o meu
rosto. Quando ele jogou conhaque no local acordei gritando,
para novamente desmaiar de dor. Dormi durante três dias
e, quando acordei, encontrei um monge ao meu lado. Levei
a mão no rosto e pude sentir o pano que a enfaixava. Mais
tarde o Abade apareceu, trocou as faixas de meu rosto, e me
disse que, por um momento, achava que Deus me levaria,
pois delirei por dois dias seguidos. Felizmente a infecção
não se instalara ainda, o que era um bom sinal; o liquido
que saía era claro e não era mal cheiroso. Ele mesmo cosera
meu rosto, nunca tinha feito; aprendeu vendo sua mãe fazer
com uma ovelha que acidentara, então resolveu empregar a
mesma técnica. Eu não ficaria muito bonito não, mas se conseguisse sobreviver poderia até achar uma mulher para casar.
Provavelmente falaria de novo, já que minha língua não fora

atingida. Então se despediu, mas antes de sair, lancei um olhar de profunda gratidão em sua direção e com lágrimas escorrendo no pano recém trocado. Nesse momento nossos olhares se encontraram, consegui ver a piedade, o amor e a caridade cristã em seus olhos. O santo homem disse "eu sei, meu filho, eu sei". O nome deste homem santo é Geoffroy (Godofredo), que foi promovido a Bispo de Amiens. Eu o sigo desde então. Rezo todos os dias pela minha salvação e em agradecimento a meu salvador Bispo. Jurei protegê-lo enquanto viver. Durante dias fiquei dormitando, tinha acessos de febre, melhorava, tornava a piorar. A fome me assolava, pois a minha comida se resumia em leite de cabra, que era me dado através de um pano embebido por um dos monges, assim como a água. Até que um dia a febre se foi para não mais voltar. A partir desse momento a minha recuperação foi rápida, afinal eu era jovem e tinha um bom porte desenvolvido nos meus treinamentos e combates.

Durante a minha convalescença, e sem saber dessa história, resolvi me converter; decidi que entraria para o mundo monástico. Estava cheio de guerra, morte e sangue. Dedicaria somente ao trabalho de Deus, pois se ele me salvara era por que tinha grandes planos para mim. Um dia, quando o Abade me visitou, meio balbuciando contei-lhe que desejava me confessar, se ele ou outro poderia me dar absolvição, tão necessária a salvação de minha alma. Geoffroy ficou exultante, nada lhe daria mais prazer do que trazer mais uma ovelha desgarrada para o rebanho divino. Fez-me ajoelhar, e com o crucifixo em mãos faz o sinal da cruz. Contei todos os meus pecados, o que levou bastante tempo, pois eram muitos e eu falava devagar. Ao final eu estava chorando, de arrependimento e de alívio, pois nunca havia me sentido tão leve. O Abade me deu uma penitência enorme, tão logo ficasse bom e restaurasse todas as minhas forças eu deveria jejuar por uma semana; nesse período eu deveria ficar num claustro, somente a pão e água, rezando. No claustro deveria ter somente palha para forrar o chão. Minhas armas, minha cota de malha e o meu passado deveriam ser enterrados. Após esse período, eu deveria jejuar às sextas feiras e aos domingos, enquanto vivesse. Aproveitei e perguntei se um pecador como eu poderia servir ao senhor, me tornando um monge Beneditino. A resposta foi rápida e concisa: Claro! Ou você acha que aqui só há santos e inocentes? Muitos estavam perdidos e Deus os colocou no caminho novamente. A partir de hoje começa seu ensinamento na palavra divina, o Bispo respondeu. E assim foi, entrei para a abadia e, logo após minha iniciação, os quarenta dias terminaram[12]. E o Senhor de Coucy conforme prometera voltou, desta vez acompanhado de seus cavaleiros. Fui chamado à presença de Geoffroy e, ao lado dele, um Eguerrand paramentado em toda sua pompa. Sem entender, perguntou sobre seu prisioneiro, o Abade apontou para mim que estava vestido com o hábito de monge e disse-lhe: - O seu prisioneiro não existe, o que existe aqui é um servidor de Deus. Como podes ver, o soldado tornou-se um Abade. Aquele homem que tu tanto deseja morreu no dia em que este nasceu. Ou pretende matar um monge beneditino? A pena será a danação eterna quando daqui partires.

Vi um Eguerrand ir do branco ao vermelho em instantes, aquela foi a primeira das inúmeras rixas e contendas entre os dois. O Conde respondeu que não, não desejava matar um monge, mas o Abade pagaria caro por negar-lhe o prisioneiro. Dito isso, saiu como uma lufada de vento. Desde então nunca mais tive contato com ele.

Como já chegara à hora de ir para a minha casa, despedi de meu novo amigo e saí. Durante todo o trajeto pensei como a vida era engraçada, uma hora cavaleiro, lutando e guerreando pelo seu Rei, outra hora monge, pregando a palavra do Rei dos Reis.

"AMOUR ET DOULEUR"

O meu amor por Agnès crescia a cada dia! Não passava um instante sem pensar nela. Nas minhas aulas, muitas vezes levava varada, não por não saber a lição, mas por não ter ouvido a pergunta, de tão distraído que estava pensando no perfume de Agnès, ou na maciez de suas mãos, completamente diferente das camponesas que eu conhecia.

O único dia em que eu praticamente morria por dentro era aos domingos, pois nesse dia, a minha amada só ia à igreja na missa da terça, com seu pai, Thomás e demais séquitos. Nesse momento eu ficava ao fundo da catedral, olhando de soslaio para minha paixão. Quando a missa terminava, saía pelo caminho do rio e ia para casa

Encantava-me ao ver os olhos angelicais de Àgnes brilhando quando imaginava uma passagem mais emocionante no poema ou nas histórias por mim contadas. Os nossos encontros, sempre no alpendre lateral da igreja, eram ansiados por nós dois. Às vezes ficávamos somente passeando pelos túmulos, com Agnès me contando o seu dia na corte. O seu enfado era ter que bordar escutando as velhas chatas se lamentando, ou falando de filhos e maridos. Nós ríamos ao ver a imitação que ela fazia. Ou então ficávamos horas olhando o rio Somme do alto do morro, bem ao lado do velho carvalho. A dama de companhia de minha amada estava sempre de prontidão na parte de dentro da entrada da igreja.

Mas como nesta vida a felicidade dura pouco! Num belo sábado, o pior aconteceu, transtornando e mudando minha vida para sempre. Se eu soubesse o que hoje sei, teria faltado aquele encontro, mas o como o velho ditado diz: "O homem põe. Deus dispõe!" Agnès demorou mais que o costume para chegar e quando o fez, veio esbaforida, toda suada, e com um ar taciturno. Eu me encontrava no velho carvalho, admirando o sol banhando as águas do Somme, que logo abaixo fazia uma curva sinuosa, contornando o morro para mais a frente voltar ao seu curso normal. Ao vê-la meu coração sorriu, entretanto, tão logo nossos olhos se encontraram ao longe, pude antever que algo ruim estava por vir. Ao descer do muro e caminhar em sua direção, comecei a ouvir o som de um galope; a princípio distante, mas que ia se aproximando rapidamente. Agnès, assustada, virou-se para dentro da igreja. Nesse momento, ao ver Agnès temerosa, vi que não seria boa coisa. Logo o som do galope foi trocado pelo som de esporas andando rapidamente dentro da nave principal da casa de Deus. Temendo que alguém nos visse juntos, resolvi me esconder atrás de um mausoléu. Por sorte, assim que me ocultei, um Thomás nervoso e gesticulando muito apareceu no alpendre e aliando gritos aos gestos disse à Agnès:

- Teu pai não falou para hoje não vir rezar? Por que desobedeceste, mulher?

Pude perceber um tremor na voz de Agnès, quando ela respondeu ao seu meio irmão:

- A promessa não pode ser quebrada, e eu prometi que se o

Conde de Amiens, nosso pai, ficasse bom, eu viria todos os dias à igreja.

- Teu Deus não se importa com isso! O importante é te preparares para receber o seu noivo, afinal as mulheres nobres servem somente para firmar alianças. E nosso pai, como bem o dissestes, precisa mais desta aliança com Guy de Thourotte, senhor de Thourotte do que de auxílio divino para curar disenteria. Afinal, com o teu casamento nós colocaremos um tampão entre Amiens e Paris, ou seja, entre o Rei e o nosso pai. O monarca de França anda se engraçando para o lado do povo; está querendo ampliar seus domínios e acabar com os Lordes.

Fiquei estupefato. Como? Como é possível isso? Então a minha amada vai se casar e nada falou? Ó desgraça. Neste momento queria que a terra fendesse aos meus pés e eu fosse tragado para um túmulo qualquer e ali findasse minha vida miserável. Mas de tão aturdido que me encontrava, não percebi que havia me levantado e caminhado para frente do mausoléu. Só vi o meu erro no momento em que o punho do senhor de Marlle acertou minha boca. Caí estatelado ao solo, com a boca sangrando, a cabeça zunindo e ouvindo as seguintes palavras de meu agressor:

- Quer dizer que tu gostas de escutar conversa do seu senhor? Seu campônio desgraçado, pois vais pagar por esta espionagem. E ato contínuo, chutou-me nas costelas. Com o golpe arqueei meu corpo e meu fôlego se fora. Mesmo que eu quisesse falar, não iria conseguir. Agnès, como sempre, intercedeu a meu favor. Ficando entre o seu irmão e eu, gritou:

- Pára Thomás! Estamos em terreno santo, respeite a igreja! Já não são suficientes todas as outras atrocidades cometidas contra ela e seus clérigos? Não vê que assim acabará excomungado?

Thomás parou de me surrar, mas deu um assobio e Baptiste

veio ao seu encontro perguntando:

- Chamou Senhor?

- Sim, leve este bisbilhoteiro para o calabouço do Castillon. Eu me encarregarei dele mais tarde. E virando-se para Agnès arrematou: - Anda-te, sobe em tua carruagem e vamos ao Castillon, o Conde Eguerrand te espera, e não tardará para teu noivo aparecer; tens muito que se arrumar para causar boa impressão ao seu noivo, pois bem sabes que o futuro do condado depende de ti.

Baptiste sai comigo ainda ofegante pelo golpe recebido nas costelas e, rindo, diz:

- É meu pobre rapaz, amanhã você será somente a sombra do que é hoje. Isso se sobreviver a esta noite! Sabe, não sei o que é pior: morrer de tanta tortura ou sobreviver com as sequelas de tanto apanhar. Enfim, se sobreviver poderá me dizer. E gargalhou após essa frase.

Baptiste me atirou ao chão e mandou retirar os sapatos. Assim que fiquei descalço, me mandou tirar toda roupa, deixando somente o meu camisolão de baixo. Ante minha recusa, ameaçou-me com o punhal. Não demorou e eu estava descalço e seminu. Baptiste então atou minhas mãos na sela do cavalo do Conde de Marlle que, após subir na sua montaria, deu uma olhada para trás e falou: ora, é o Padreco, o protegido do Bispo, que sorte a minha. Bem, agora vamos ao seu passeio através da praça do mercado até à fortaleza.

E assim se deu a minha desonrosa caminhada; as pessoas abriam caminho para Thomás passar e ele, com cara de regozijo. Ia bem devagar se deliciando com minha vergonha.

Àquela hora a praça do mercado estava cheia, pois como era sábado os afazeres no campo eram feitos até o meio dia. A parte da tarde era destinada para as compras, uma vez que o domingo era o dia dedicado ao Senhor.

As pessoas abriam caminho e ao lado da estrada se cutucavam e apontavam para mim. Alguns riam, outros falavam mal. Cabisbaixo, eu nem prestava atenção ao ocorrido, tampouco sentia vergonha. As palavras de Thomás repercutiam na minha cabeça: "você vai se casar com Guy de Thourotte".

Chegamos ao Castillon. Marlle mandou chamar o carcereiro e, enquanto esperávamos, o ouvi dizer:

- Amanhã você será outro homem, isto é, se sobreviver à noite nas mãos de meu carcereiro; ele é extremamente hábil em torturar.

Fui entregue ao carcereiro com a recomendação dada:

- o de sempre, para este bisbilhoteiro.

A entrada do cárcere ficava do lado esquerdo do portão principal, logo após o alojamento da guarda. Desci uma escada em caracol com meus pés já feridos pelas pedras do caminho, doendo e sangrando. Mas nada importava, a maior ferida fora feita em meu peito, por Agnès e o Infame Guy.

Cheguei ao fim da escada e o que vislumbrei me causou um tremor intenso. Havia diversas celas no lado oposto ao que me encontrava. Nas portas das celas, uma pequena passagem por onde se jogava a comida. No lado direito, quase no meio do cômodo, uma mesa de evisceração. Próximo a ela, correntes pendiam do teto. Aproximando-se da parede havia um catre e uma mesa com duas cadeiras. Ao lado do catre, um barril com uma vela em cima. Na linha divisória entre a mesa e as correntes, uma fogueira e um braseiro e posto no braseiro ferros de marcar e para cauterizar. Um ambiente horrendo e fétido.

Tão logo entrei, um anão que estava oculto no escuro do calabouço veio ao meu encontro e, sorrindo, berrou:

- Que bom! Carne fresca!

Somente ele e o carcereiro caíram na gargalhada da piada infame.

Toda a minha roupa fora retirada e completamente nu, fui atado às correntes, ficando de frente para uma das celas. Com mãos e pés totalmente esticados, e com o corpo em forma de "X", eu estava completamente imobilizado ficando a mercê dos meus algozes. O anão foi até o braseiro e pegou um instrumento de marcar, sendo imediatamente impedido pelo carcereiro:

- Você sabe que o Conde gosta de dar o primeiro castigo. Aquiete-se e espere. O Conde de Marlle não demorará.

Eu tremia como se estivesse febril; até aquele momento não me dera conta do quanto a minha miserável vida estava por um fio.

O tempo naquele lugar esquecido por Deus, onde habitava a penumbra e o mau cheiro, parecia não passar. De uma das celas escutamos um gemido lúgubre, como um lamento fantasmagórico. O anão foi até o local e pela porta berrou: Para! Seu demônio, ou quer apanhar antes da hora? O gemido cessou e eu fiquei ouvindo o crepitar da lenha no braseiro com os meus dois verdugos me observando. O carrasco que me trouxera veio em minha direção e, colocando sua boca perto de meu rosto arrematou: Logo você estará gemendo assim! O hálito dele fedia a vinho barato e dentes podres, do seu corpo emanava um cheiro misto de sangue com suor. Nova gargalhada de ambos e sentando-se na cadeira, colocou os pés em cima da mesa onde pegou uma garrafa de vinho, destas que se compra bem barato nas tabernas, e levando-a à boca começou a beber.

Não sei quanto tempo se passara, mas finalmente Thomás apareceu. Vinha com um ar irado, de quem quisesse dar o fim a um problema. Assim que seus olhos se acostumaram com a penumbra viu o anão deitado e o carcereiro sentado ainda bebendo. Deu um berro com ambos, o que os fez pular e ficar em pé. A garrafa rolou até perto do fogo e ainda berrando disse:

- Olhem bem, espero que vocês não tenham tocado no prisioneiro.

- Não Sire, nós sabemos que o senhor Conde gosta de fazer a primeira tortura, falou o carcereiro.

- Seu idiota, aquele desgraçado do Bispo esteve aqui, e falou que este Padreco estava nas sepulturas por ordem dele. Que a aparição dele foi um mero acaso e não espionagem. Eu rebati, disse-lhe que mesmo assim ele ouviu segredos de estado, e que não poderia passar impune esse crime. Que deveria ser julgado pelo bailio da cidade. Este demônio deste Geoffroy rebateu novamente, falou que como o crime fora praticado na igreja caberia ao prior o julgamento. Tive de concordar, pois a lei canônica sobrepõe à lei dos homens. No entanto disse-lhe que ele teria que passar a noite preso, esperando o julgamento no dia seguinte e como a igreja não possui cadeia. Ele ficaria aqui. O Bispo não teve outra condição a não ser concordar, mas não sem antes me ameaçar e a minhas gerações de ser excomungado e queimar no inferno. Ainda disse mais:

- Que nenhum Padre seria autorizado a nos dar os sacramentos. Que como excomungados não poderíamos nos casar na igreja e com isso o casamento de minha irmã com Guy seria desfeito.

A nós só restaria à danação eterna. Caso fosse tocado num fio de cabelo de seu pupilo. O covarde de meu pai, ao ouvir isso, só faltou se ajoelhar aos pés do Bispo pedindo perdão. Tive que concordar com estes absurdos. Portanto se vocês tocarem num fio de cabelo deste desgraçado vocês tomarão o lugar dele!

E virando-se para mim arrematou:

- He! Padreco, o Bispo realmente gosta de você. Não faz mal, outro dia minha vingança contra ti e contra este Bispo de araque será feita!

Já estava ao pé da escada quando o anão falou:

- Sire, nós não podemos tocar num fio de cabelo dele, mas podemos aterrorizar o seu espírito, não?

Thomás parou, e virando-se devagar, olhou para o anão que ante o olhar do Conde se encolheu todo. E o Conde de Marlle respondeu:

- Boa ideia, a sua carne não pode ser tocada, Padreco. Mas seu espírito hoje será meu. Não permitam que ele durma Façam de tudo para que ele saia daqui aterrorizado, vamos quebrar o seu espírito. Quero vê-lo alquebrado pela manhã.

Subiu as escadas cantarolando, Me deixando com meus algozes e enquanto esperava sei lá qual tortura. Aproveitei para pensar no quanto a minha noite seria longa. Este pensamento me deixou aterrorizado. Senti-me impotente estando completamente nu e imobilizado.

Não tardou para que a sessão de tortura começasse. Mal Thomás virou as costas e ela foi iniciada. Primeiro eles me molharam todo o meu corpo com uma água gelada, tirada não sei de onde. Depois o anão se pendurava nas correntes fazendo com que meu corpo todo se retesasse. Causando dores atrozes em minhas costas e em todas as juntas; A toda hora perguntava:

- Ô Padreco, nós não estamos tocando em você, estamos?

De repente o anão parou de se pendurar nas correntes e encaminhando-se para a cela de onde vinha o gemido, abriu sua porta e em um canto da mesma vi uma massa disforme, vestida com andrajos mal dando para distinguir uma forma humana. O carcereiro chegou bem próximo e falou:

- Vamos! Acorde, esta na hora de seu castigo diário.

A massa levou o que parecia serem braços até ao alto, em atitude de defesa, mas logo desistiu. O carcereiro começou a espancá-lo, sem botar toda a sua força, mas somente para que o seu já dolorido corpo acusasse os golpes. E a cada chute ou soco, a pobre alma implorava para que Deus fosse benevolente e o levasse dali. O anão ria e berrando comentava:

- Bem feito! Quem mandou ser feito prisioneiro em uma das chevauchée do Sire? Toma! aprende seu burro!

A cena me fez fechar os olhos, mas o som das pancadas, naquele antro de maldades, ecoava em meus ouvidos. Ate que o carcereiro deu-se por satisfeito e parou. Fechando a cela novamente. Logo se ouviu passos na escada e eu tremi. Com medo que Thomás estivesse mudado de ideia e viera dar ordem para os meus algozes começarem a me surrar. Mas a voz que chegou aos meus ouvidos foi uma voz mais efeminada. Era de um serviçal que viera até o cárcere. Ouvi-o dizer; tome! Segure estas moedas, e vai até a taberna comprar mais vinho com seu bichinho de estimação! O prisioneiro tem uma visita ilustre, anda! Saiam logo. O carcereiro disse em bom tom! Olha se algo acontecer com nosso prisioneiro, amanhã será você naquele lugar. O criado, com a arrogância comum de quem se acha numa posição superior, arrematou: Ainda estão aqui? Saiam logo! Dando um muxoxo o carcereiro virou-se para seu ajudante e falou:

- Vamos, vamos beber algo lá na taberna, alguém deseja ver este coitado.

Não tardou e o mesmo lacaio de antes aparecera jogou seu manto sobre meu corpo desnudo, não sem fazer uma cara de asco. Quando se deu por satisfeito, saiu novamente. Logo entrou Agnès de Coucy, minha amada. Mesmo ali naquela situação difícil, acorrentado e amedrontado. Não pude deixar de admirar sua beleza, seus olhos antes tão inocentes, adquiriram um brilho frio, como as manhãs de outono nos campos. Quando falou sua voz trazia um tom de tristeza e desespero.

– Phillipe, meu querido, me perdoe. Eu queria te falar antes, mas tive medo que se assim procedesse, os nossos tão desejados encontros se acabassem. Hoje, quando lá estive, era justamente para falar-lhe, mas meu odiado meio irmão me seguiu como podes ver, pois sai fugida. A vida de uma Condessa é feita para forjar alianças. Sempre foi assim e assim sempre será. Nunca esquecerei os momentos maravilhosos que juntos passamos, e nem o quanto me ensinaste. Mas como tudo na vida, estes momentos tiveram fim.

Eu nada lhe respondi, e dentro do meu peito havia um misto de ódio, tristeza e amor, queria pedir-lhe para ficar. Queria dizer-lhe que tão logo fosse liberto, nós fugiríamos, iríamos para um lugar onde ninguém nos conhecesse e começaríamos uma nova vida. Mas meu orgulho ferido falou mais alto, e além do mais, eu não passava de um simples campônio, a bem da verdade era instruído, mas ainda assim um campônio. Além deste fato nenhum Rei, Duque ou Conde se atreveria a dar emprego a um fugitivo com uma Condessa junto. Certamente seria aprisionado e mandado de volta.

Com lágrimas escorrendo dos olhos, baixei a cabeça e nada disse. Agnès, ante meu mutismo, deu um prolongado suspiro e se retirou. Não tardou e o lacaio retornou, retirando a capa e saído resmungando algo sobre ter que lavar.

Apesar da posição ingrata, cochilei de puro cansaço, não sei por quanto tempo. Até que fui acordado com balde de água gelada na cara. Ao mesmo tempo em que o anão se pendurava nas correntes. O que me causou um esgar de dor. O carcereiro. Não satisfeito com a ordem dada pelo Conde de Marlle, resolvera por ele mesmo, me torturar. Entregou uma palmatória para seu auxiliar que a cada ordem sua batia na sola de meus pés. A dor era terrível e eles se riam sem parar. Ao mesmo tempo falavam:

- Duvido o seu amiguinho o Bispo, ver marcas em seus pés. Duvido. E nova gargalhada.

Após esta sessão, me deixaram em paz, excetuando-se os baldes de água e os solavancos dados pelo anão nas correntes. Tal folguedo (para eles, é claro!) durou toda à noite. Não sei quanto tempo se passara, só sei que Thomás entrou no calabouço e mandou o carcereiro me vestir com o meu camisolão. Subi as escadas, mal aguentando de dores nos pés e novamente fui atado ao cavalo de Thomás. Assim que se deu por satisfeito, Thomás saiu pelo portão principal dando início ao meu caminho até o patíbulo na praça do mercado. Lá se encontrava um bailio, ao seu lado um Padre, além do Bispo e o Conde Eguerrand. Responsável por autorizar a sentença dada. O bailio começou a ler o meu "crime". O povo que se encontrava na feira, que já era enorme, foi aumentando aos poucos. Terminada a leitura de meu crime, o Conde de Amiens fez-se ouvir, disse que como o crime foi praticado em solo sacrossanto, dentro de uma igreja, para ser mais exato, caberia ao monge responsável em aplicar as sanções aos Padres infratores o julgamento e aplicação da sentença. O povo agora eufórico. Aguardava com ansiedade. O monge pigarreou um pouco, desacostumado que estava nestas aparições públicas, citou a bíblia, e pedindo auxilio aos céus, deu a minha sentença: seria a de ficar preso ao tronco, um dia e uma noite inteiro, e se por acaso eu contasse o que fora ouvido, ou voltasse a cometer o mesmo delito, a minha punição seria mais severa. O Conde Eguerrand deu a sua autorização para que a sentença fosse aplicada imediatamente. O carrasco adiantou-se e me pegando pela mão, levou-me até o tronco, uma madeira com duas metades e três buracos no meio, um maior, para colocar a cabeça e dois, um de cada lado do maior, menores, onde o Condenado colocava as mãos ficando curvado para frente, mas ainda de pé. Fechava-se a metade aberta e o coitado estava a mercê do povo que passava à sua frente. Cabe, aqui, uma desmistificação do que se acredita hoje. As pessoas não atiravam tomates, ovos, repolhos etc. Pois a comida nos era muito cara e o dinheiro escasso para ser desperdiçada assim. O que se atirava nos apenados era bola de barro, lama, estrume, fezes humanas e o que mais se conseguisse pegar sem utilidade ou serventia para venda. Atirar pedras, paus eram proibidos, a não ser que fizesse parte da sentença ou previamente autorizado. E quem fosse pego fazendo o atirando, tomaria o lugar do Condenado após o mesmo cumprir a pena. Havia uma artimanha para burlar a norma. Fazia-se uma bola de barro e esperava a mesma estar quase seca. Daí ao se atirar feria, não tanto quanto uma pedra, mas mesmo assim, feria. Era colocado, durante o dia, dois guardas, um de cada lado, distante o suficiente para não serem atingidos por respingos. Pela surra que levei nos pés na noite anterior ficar em pé me era doloroso demais. Mas mesmo assim aguentei. O ódio que agora nutria por Agnès e o senhor de Thourotte, me mantivera de pé. Durante todo o dia fui atingido por diversos "projéteis" atirados pelas diversas pessoas de Amiens. Inclusive aquelas que se diziam amigas de minha família. Quem mais se divertia era as crianças, sempre por perto, tendo que ser afastadas pelos guardas. E assim foi o decorrer do meu dia, sem comer e nem beber desde o dia anterior. A sede e a fome eram implacáveis. Mas aguentei minha pena firme. Somente pensando numa forma de me vingar de todos. Imaginava-me ao lado do Rei, amigo do mesmo, armando para que o Thomás de Marlle, Agnès e seu amado Guy, fossem defenestrados de seus condados e de suas posses. Tendo que esmolar em um lugar qualquer. Enquanto eu, Administrador do tesouro real, os enxotava como a um cão sarnento. Há! Quão doce seria minha vingança. Eles ainda hão de pagar por tudo. E assim embalado neste sentimento/pensamento, o dia se passou. A guarda foi trocada ao cair da noite, ficando somente um embaixo de um alpendre para se proteger do sereno.

Antes das matinas, quando a rua estava completamente deserta. Vi um vulto se aproximando do guarda. Temi por minha vida, achei que Thomás, insatisfeito com a sentença aplicada, resolvera aplicar uma nova sentença. À sua: a morte. Para meu espanto o vulto veio em minha direção e parecia mais baixo que o Conde, quando o individuo chegou mais perto pude ver sob o capuz as feições femininas. Isso me tranquilizou. Logo vi que era a aia de Agnès, a mesma que nos acompanhava nas suas lições. Ela retirou um odre rapidamente de baixo de seu manto. Destapou e deu-me a beber uma sopa quente. Ao mesmo tempo em que falava: bebe, minha senhora pediu para lhe dar. No inicio me recusei, pois não queria nada vindo daquela infame. No entanto sua aia me perguntou: Você imagina o risco que ela e eu corremos em estar aqui? Só para te dar o que beber e comer? Será que és tão ingrato assim, ao ponto de recusar algo dado com tanto carinho e no meio de tantos riscos? Pelo que foi dito ali, e mais ainda, pela sede e fome que me afligiam, aceitei de bom grado. A aia, quando se deu por satisfeita se retirou correndo para as sombras de onde viera.

A minha pena só terminava após as laudes, quando todos saíam da igreja e o Conde em pessoa, ordenava minha liberdade ao guarda. Nunca uma missa demorara tanto, o povo já estava todo reunido à minha volta novamente. O Conde subiu no cadafalso, e após proferir um discurso onde sobressaltava as virtudes de obediência aos preceitos bíblicos, ordenou minha soltura. Quando os grilhões foram retirados e assim que eu me endireitei, o meu corpo fraquejou. No exato momento em que ia cair, senti uma mão calosa, com um aperto firme, me sustentando. Ao mesmo tempo em que ouvi uma voz ao meu ouvido:

- Vamos filho, eu te ajudo. Não vamos dar este gosto ao povo que ai está.

Era meu amado pai, que me sustentou e apoiou na hora em que mais precisei. Saímos por entre a multidão, eu, ainda trôpego e meu pai altivo e altaneiro como sempre.

Cheguei a casa onde minha mãe esperava, com a tina cheia de água quente, roupas novas e secas, uma sopa de cebolas fumegando e um pão recém saído do forno. Tomei banho, comi e bebi como nunca. Saciado e com o corpo dolorido, fui dormir no quarto em que dividia com meu irmão.

Acordei na metade do dia seguinte, morto de fome. De novo mais um pão quente acompanhado de um vinho com especiarias, para afastar a friagem da noite passada em claro. Disse minha mãe. Na metade de minha refeição, a porta se abriu e o Bispo em pessoa entrou junto com ele seu séquito de sempre. Minha amada mãe não sabia o que fazer. Corria que nem barata tonta, de um lado ao outro da nossa casa, sempre sorrindo e pedindo desculpas pela pobreza e arrumação. Se soubesse que ele viria, teria preparado algo melhor. E entre as palavras, soltava um "meu Deus, o Bispo em pessoa na minha casa" que benção. São Geoffroy, por educação, aceitou um pouco de vinho com especiarias. Sentou-se à minha frente, colocando a caneca intocada na mesa. E ao mesmo tempo lançou um olhar para seu ajudante de ordens. Que sob um pretexto qualquer, retirou minha mãe para o quintal. Após ter certeza que estávamos sós, Geoffroy começou a falar:

- Filho, agradeço por manter-se em silêncio sobre o meu conhecimento do assunto entre você e Agnès.

Respondi-lhe que não foi nada, eu havia prometido que silenciaria sobre ele saber, e assim o foi.

Lamento isso ter ocorrido com você, mas acredito que tenho alguma culpa nisso também. A minha rixa com Thomás é notória. E ele não poderia se furtar em me dar esta estocada. Acredite, não foi fácil comutar a sua pena, por Thomás, você levaria diversas chibatadas, seria marcado na testa e passaria uma semana na gaiola. No entanto pude convencer seu pai, o Conde de Amiens, de colocar como juiz o nosso Abade disciplinador. O Conde, acredito, aceitou somente para chatear seu filho, e por que o lembrei que quem o absolve dos pecados sou eu, e eu poderia não ser tão piedoso da próxima vez. Entretanto te advirto: O Conde de Marlle é vingativo, certamente vai procurar todas as maneiras para se vingar de minha interferência e agora ele sabe que a melhor vingança é atingindo você.

Dito isso, estendeu a sua mão, eu ajoelhei e beijei-a, o Bispo levantou-se e como um vento, foi-se.

No dia seguinte voltei aos afazeres normais, de manhã lavoura à tarde estudo no mosteiro. Até que meu pai, dizendo ser desnecessária a minha presença na lavoura, permitiu os estudos na parte da manhã também. Nunca mais os meus estudos seriam como antes, agora as tardes eram vazias, faltava Agnès no fim do dia. Me via pensando nos dias idos, e normalmente tomava uma varada do meu professor pela distração. Entretanto, sem a distração que Agnès me trazia aliado a um estudo integral, fui aumentando conhecimento cada dia mais e mais rapidamente. Com o acontecido, eu, que já era um recluso, tornei-me um ermitão. Saia de casa somente para o mosteiro indo pelo caminho do rio e voltava pela mesma picada. Via somente os monges e minha família.

SEGUNDA PARTE

A

PRIMEIRA CRUZADA

PERSONAGENS HISTÓRICOS DA CRUZADA

Hugo, o Conde de Champagne - (☆1074 †1125) um dos fundadores da Ordem dos templários, era o terceiro filho e mais novo de Teobaldo III de Blois e de Adelaide Valois, e foi o primeiro Conde de Champanhe de 1093 até sua morte. Apesar de não ter participado da Primeira Cruzada, fez em 1104 uma peregrinação à Terra Santa e retorna seus domínios em 1107. Em Agosto de 1114, ele partiu de novo para a Palestina, acompanhado por Hugo de Payens, seu vassalo.

Robert Courteheuse – (☆1051†1134) filho de William I, o conquistador. Robert Courteheuse (foi apelidado de Courteheuse ou "bota curta" em alusão ao seu pequeno tamanho) - recebe a Normandia do seu pai. Recupera independência, mas também anarquia. Em 1091, ele assinou um acordo com seu irmão William o ruivo, o Rei da Inglaterra que caso um deles morra o outro o sucede automaticamente. Em 1096, Robert junta-se a Primeira Cruzada e participou da captura de Jerusalém em 1099.

Willian II, "O Ruivo "– (☆1056 † 2/08/1100) o terceiro filho de William I, o conquistador, foi o Rei da Inglaterra de 1087 até 1100, com poderes sobre a Normandia e influência na Escócia. Willian II morreu depois de ser atingido por uma flecha durante uma caçada, em circunstâncias não esclarecidas. Evidências circunstanciais no comportamento daqueles ao seu redor suscitam, mas não provam, suspeitas de assassinato.

Hugo Vermandois – (☆1057 Tarso †18/10/1101) foi Conde de Vermandois de 1080 até a sua morte. E um dos líderes da Primeira Cruzada. Era filho do Rei Henrique I de França com Ana de Kiev, e irmão mais novo do Rei Filipe I de França.

Duque Alain IV– (☆cerca de 1060 no Castelo Châteaulin † 13/10/1119 na Abadia de Saint-Sauveur de Redon). Filho de Hoël II da Bretanha e Havoise de Bretagne. Foi o Conde de Cornouaille, Rennes e Nantes e finalmente o Duque da Bretanha de 1084 a 1113. Em 1098, Alan entrou na Primeira Cruzada, como parte do exército de Robert Courteheuse, deixando Ermengarde (sua esposa) como regente, retornando em 1101.

Bispo Odon Bayeux – (☆1030 ou 1035 †6/01/1097, Palermo) às vezes chamado *Eudes* é um nobre Normando que, graças à sua relação com William, o Conquistador (seu meio-irmão), tornou-se Bispo de Bayeux.

Conde Bohemund I – (☆San Marco Argentano, Calábria, 1058 †Canosa di Puglia, Apúlia, 3/03/1111). Boemundo I de Antioquia; Boemundo de Taranto; Boemundo de Altavila ou Príncipe de Taranto. Foi o primeiro Príncipe de Antioquia e um dos líderes da Primeira Cruzada. Era o primogénito de Roberto Guiscardo, Duque de Apúlia e Calábria, com a sua primeira esposa Alberada de Buonalbergo.

Conde Godofredo de Bulhões – (☆ Bolonha-sobre-o-Mar, 1058 †Jerusalém, 18/07/1100) (Godefroy de Bouillon em francês); Filho de Eustáquio, Conde de Boulogne, e de Ida. Godofredo pertencia a uma antiga família que alegava ter Carlos Magno entre seus ancestrais. Foi um nobre e militar franco, Duque da Baixa Lorena (1087-1100), senhor de Bulhão (1076-1096), um dos líderes da Primeira Cruzada e o primeiro soberano do Reino Latino de Jerusalém, apesar de recusar o título de Rei. Após enfrentar tantos combates, quis Deus que morresse num leito de hospital. Godofredo foi atacado pela peste em Cesaréia. Retornou a Jerusalém onde, após nomear o irmão Balduíno como seu sucessor, faleceu no dia 18 de julho de 1100, aos 39 anos de idade, sendo enterrado na igreja do Santo Sepulcro

Conde Raimundo IV – ($\star$1041 ou 1042 †28/02/1105) Raimundo IV de Tolosa, ou Raimundo de Saint-Gilles. Foi Conde de Toulouse, Duque de Narbona, Marquês da Provença e um dos líderes da Primeira Cruzada, na qual se tornou também Conde de Trípoli. Era filho do Conde Pôncio de Toulouse e Almodis de La Marche. Profundamente religioso, desejava morrer na terra santa, quando o Papa Urbano conclamou a cruzada, foi um dos primeiros a aderir. Sendo o mais velho e mais rico dos cruzados, deixou Toulouse no final de Outubro de 1096, com um amplo séquito que incluía a sua esposa Elvira Afonso e o Bispo Ademar de Le Puy, o legado Papal.

Bispo Ademar de Monteil (Ademar de Le Puy) – ($\star$1050 † 1098) Homem conciliatório, foi Bispo de Le Puy, em França e um dos principais personagens da Primeira Cruzada. O nome deste Bispo ficou ligado à Primeira Cruzada, posta em marcha depois de Urbano II ter reunido e mobilizado milhares de pessoas, entre cavaleiros e populares, para se dedicarem a lutar pelo Cristianismo. Le Puy foi escolhido por Urbano II para ser, precisamente, o legado Papal da Primeira Cruzada, avançando juntamente com um largo número de homens para Oriente. No desempenho dessas importantes funções, tentou ser conciliatório e não melindrar sentimentos das diferentes autoridades eclesiásticas. Faleceu em Antioquia, pouco depois da tomada desta cidade

Quilije Arslam – Quilige ou Quilije Arslam I foi o soberano do Sultanato de Rum de 1092 até a sua morte. O seu sultanato incluiu o período da Primeira Cruzada e, pela posição geográfica dos seus territórios, coube-lhe enfrentar todas as expedições cristãs desta cruzada assim que estas entraram em territórios muçulmanos: derrotou a Cruzada Popular, foi vencido na Cruzada dos Nobres e voltou a vencer os ocidentais que surgiram nas três expedições da Cruzada de 1101.

Roberto da Flandres – (☆1065 †5/10/1111) Roberto II da Flandres; Foi Conde da Flandres de 1093 até à sua morte. Também foi conhecido como Roberto de Jerusalém e Roberto o Cruzado após a sua participação na Primeira Cruzada. Era o primogênito de Roberto I da Flandres com Gertrude da Saxônia. Depois de se tornar Conde em 1093, aderiu à Primeira Cruzada pregada pelo Papa Urbano II em 1095. Roberto estabeleceu um conselho de regência no Flandres e seguiu as forças comandadas por Godofredo de Bulhão.

Alexius I Comneno – (☆1048 † 15/08/1118) Foi o imperador bizantino entre 1081 e 1118. O longo Reinado de Alexius I Comneno estava cheio de problemas. Em seus inícios, teve que enfrentar o ataque do normando Robert Guiscardo e seu filho Bohemund (o mesmo da primeira cruzada), que conquistou Dyrrhachium e Corfu, e criou Larissa, na Tessália. A crise mais difícil de Aleixo foi causada pela chegada dos Cavaleiros da Primeira Cruzada. A habilidade de Alexius com os cruzados é considerada por sua filha, a historiadora Ana Comnena, um exemplo de diplomacia, enquanto os historiadores ocidentais que relacionam os fatos da Primeira Cruzada consideram o imperador um exemplo de falsidade e traição. Os cruzados acreditavam que ele havia quebrado seu juramento por não ajudá-los durante o cerco de Antioquia; Bohemund, proclamado Príncipe de Antioquia, declarou guerra ao Imperador, mas acabou aceitando tornar-se seu vassalo no tratado de Devol, em 1108.

Balduíno – (☆1058 †Alarixe, Egito, 2/04/1118) Balduíno I de Jerusalém ou Balduíno de Bolonha. Foi um dos líderes da

Primeira Cruzada, tendo-se tornado no primeiro Conde de Edessa (1098-1100) e no segundo governante de Jerusalém (1100-1118), sucessor do seu irmão Godofredo de Bulhão, e o primeiro com o título de Rei da Cidade Santa. Balduíno foi o terceiro filho do Conde bolonhês Eustácio II com Ida de Lorena.

Eustácio III – (☆antes de 1060 † Rumilly, depois de 1125). Foi Conde de Bolonha de 1087 a 1125. Em 1096 partiu com os seus irmãos Godofredo de Bulhão e Balduíno de Bolonha para a Primeira Cruzada, tendo voltado somente após a consolidação do Reino Latino de Jerusalém na batalha de Ascalão. Tornou-se monge em Rumilly, uma dependência do priorado de São Pedro, onde passaria o resto da sua vida.

Tancredo de Hauteville – (☆1072 ou 1076 †cinco ou 12/12/1112) Tancredo da Galiléia ou Tancredo de Hauteville Foi um líder da Primeira Cruzada que mais tarde se tornou Príncipe da Galiléia e regente do Principado de Antioquia. Ele era filho de Enma das Apúrias, sobrinho de Bohemund de Taranto e neto de Roberto Guiscardo. Em 1096 Tancredo participou com seu tio Bohemund na Primeira Cruzada. Permaneceu em Antioquia, em nome de seu primo Bohemund II até sua morte em 1112, durante uma epidemia de febre tifoide. Casou-se com Cecília de Francia, filha do Rei Felipe I da França, mas morreu sem gerar descendência.

Yaghi-Siyan – (☆1011 †1098) Em 1097, quando a I Cruzada chegou à grande cidade de Antioquia, Yaghi Siyan era seu governador e pertencia a seita fanática muçulmana dos seljúcidas, que havia conquistado Terra Santa. Embora os cruzados estivessem famintos, mantiveram o cerco durante a maior parte do ano até que, por fim, tomaram a cidade na noite de dois para três de junho de 1098. O pânico toma conta de Yaghi Siyan e ele abriu os portões da cidade para fugir com uma escolta de trinta pajens. Na fuga, Yaghi-Siyan caiu de seu cavalo e os companheiros tentaram sem êxito colocá-lo novamente na sela, abandonando-o como um morto, enquanto eles fugiam. Quando estava para exalar seu último suspiro, passou por ele um pastor armênio e o matou, cortou-lhe a cabeça e a levou para os francos em Antioquia.

Duqaq – (☆? † morreu em 8/06/1104) Durante o inverno de 1097-1098, Antioquia foi assediada pelos cruzados, e Yaghi-Siyan e seu filho, Shams ad-Dawla, buscaram ajuda da Duqaq. Em 30 de dezembro de 1097, os reforços de Duqaq foram derrotados pelo grupo de forrageamento de Bohemund de Taranto, e Duqaq recuou para Homs. Duqaq mais tarde se juntou a Kerbogha de Mosul para atacar os cruzados depois de terem ocupado Antioquia em junho de 1098, mas durante a batalha, a linha de Duqaq desertou e Kerbogha foi derrotado.

Edgar Atheling – (☆1051†1126) Edgar Ætheling (Aetheling, Atheling ou Etheling) ou Edgar II foi o último membro masculino da casa real de Cerdic de Wessex. Ele foi apresentado para, mas nunca coroado, Rei da Inglaterra em 1066. Edgar era o comandante de uma frota inglesa que operava na costa da região da Síria em apoio da Primeira Cruzada.

Kerbogha – Era um turco que devia seu sucesso ao talento militar. Em 1095 ele serviu sob o Califa Abbasid Al-Mustazhir em sua tentativa de reconquista de Aleppo. Em 1098, quando soube que os cruzados tinham sitiado Antioquia , ele reuniu suas tropas e marchou para aliviar a cidade. No caminho, ele tentou recuperar Edessa conquistada recentemente por Balduíno I, para não deixar guarnições francas atrás dele em seu caminho para Antioquia.

Firouz – Era um rico armênio cristão que se converteu ao Islã e fabricante de armaduras que ocupava um posto elevado no governo Turco durante as Cruzadas. Notavelmente, ele também serviu como espião para Bohemund durante o Cerco de Antioquia. Bohemund ofereceu riquezas a Firouz e garantias de segurança em troca de sua assistência. Firouz estava descontente com a posição dele no governo de Yaghi-Siyan, porque ele havia sido recentemente multado e sua esposa seduzida por um oficial turco sênior. Em três de junho de 1098, Firouz, insatisfeito com seu comandante, pendurou uma escada de corda para os homens de Bohemund, que subiram até a cidade e abriram os portões, permitindo a entrada dos cruzados à cidade.

A CHEVAUCHÉE
NEFASTA

Após esse episódio, Thomás, para descarregar sua fúria gerada pela queda de braços com o Bispo, na qual, felizmente para mim, perdera; resolveu sair como cavaleiro negro aproveitando também para fazer uma "chevauchée" em Provins, cidade sob tutela de Hugo, o Conde de Champagne. Chamou o seu fiel escudeiro, Baptiste e com ele foi até o alojamento dos arqueiros. Lá chegando, perguntou a Guiseppe se ele e os seus homens não gostariam de ganhar um dinheiro fácil, como da outra vez. O líder dos besteiros concordou e selecionou dez homens que não participaram da última chevauchée. Thomás finalizou mandando preparar a armadura negra, e arrematando disse:

- Não se esqueçam de pintar os escudos de preto, para que ninguém veja o brasão de Amiens neles.

O alvoroço tomou conta do Castillon; no estábulo cavalos eram preparados. Na ferraria, lâminas eram afiadas. Os cozinheiros separaram mantimentos para os homens levarem. Orações foram feitas na capela. O Conde Eguerrand, ao ver tamanha preparação, perguntou ao seu filho se eles iriam ser atacados ou se seria outra coisa. Thomás, com seu costumeiro ar cínico, disse-lhe que tudo estava sob controle; que não devia preocupar-se com aquilo. Seu pai concordou com um leve aceno de cabeça, mas disse-lhe que queria os seus costumeiros dez por cento do produto do saque, uma vez que o castelo e tudo mais até onde a vista alcançava era dele, e que nada acontecia sem sua permissão. Thomás concordou e, a contragosto foi deitar-se, antevendo o saque e a matança que estava por vir. A noite veio e com ela o sinistro galopar dos cavaleiros. Nós de Amiens já conhecíamos o barulho do tropel de longe, e sabíamos que em algum lugar a noite seria de sangue, dor e morte.

Tudo aconteceu rapidamente. A população de Provins dormia tranquilamente, sob a proteção de seu Duque de Champagne. Jamais se imaginaria que uma cidade, dentro de Ille de France, seria atacada. Os guardas estavam relaxados, pois pareceria uma noite como outra qualquer. Os primeiros a morrerem foram os de sentinela no portão principal; Guiseppe e outro besteiro, da orla da mata, fizeram um único disparo, atingindo-os quase ao mesmo tempo. Ambos não esboçaram a menor reação, caindo com um ruído seco ao solo. Thomás e Baptiste se adiantaram, escancararam o portão e entraram na parte interna da cidade.

O massacre começou de dentro para fora: primeiro atacaram quem poderia reagir. Muitos foram pegos dormindo; o sangue começou a correr em profusão. Não satisfeito, Thomás foi até o convento da igreja de Saint-Ayoul e, num ato profano, resolveu pegar as relíquias do santuário. A madre superiora tomou sua frente para impedir; Thomás não se fez de rogado, empurrou-a para longe, mas a madre, resoluta, levantou-se e tornou a ficar à sua frente. Thomás, enraivecido, tentou novamente retirá-la, mas ao levar sua mão para empurrar a freira, foi surpreendido por uma tapa em sua face. Completamente descontrolado, retirou seu punhal da bainha e com um único golpe, entrerrou-o no coração da Madre Superiora. O silêncio fez-se no recinto por instantes; os homens que o acompanhavam ficaram aterrorizados. Thomás acabara de sentenciar-se, pois era sinal de danação eterna matar um representante de Deus na terra. As freiras que até então protestavam, caíram num pranto desconsolado. Ao mesmo tempo em que rezavam à Virgem Santíssima e ao Nosso Senhor Jesus Cristo. A Madre Superiora conseguira seu intento, pois um Thomás desorientado, ao ver o resultado de sua ira, saíra correndo porta afora. Naquela noite não houve mais matança e nem estupros, algo tão comum nestes casos, pois o terror e o medo de irem para o inferno dominou todos.

O Conde de Marlle deu a ordem de montar. E, em coluna de dois galoparam para longe dali, em direção ao seu condado. O caminho de volta foi feito a galope, por todo o tropel, como desejassem se afastar do inferno que os esperava. As piadas e brincadeiras, tão normais, silenciaram-se. Dentre eles o mais mortificado era Thomás, justamente quem perpetrou o maior dos crimes. Sempre à frente de todos, liderando o galope, como se a dar à famosa "carga" de cavalaria. Nas paradas para comer e dormir, Thomás ficava afastado de todos, somente permitindo que Baptiste se aproximasse para trazer-lhe comida ou relato do estado dos homens e montarias.

Ao chegar aos portões do Castillon, Thomás aproximou-se de seus homens e pediu para silenciarem sobre o acontecido ao seu pai. Se ele soubesse, certamente levaria ao Bispo de Amiens, que o excomungaria e todos os seus homens.

Mas as más notícias voam, e logo um mercador que viera de Paris passando por Provins, trouxe a história de primeira mão. Não foi preciso muito para que o Bispo Geoffrey ligasse a violação e matança ao Thomás, pois o povo comentara sobre a saída do cavaleiro negro e como seu pai fora visto nas missas na época do acontecido. Ficou fácil deduzir o responsável pela profanação do solo sagrado e pelo crime hediondo.

No dia seguinte, na missa da terça, o sermão do Bispo foi mordaz: invocou os poderes do Céu para que o autor desta ignomínia não ficasse sem castigo; disse que o lugar dele seria queimando no inferno, com sua alma impura e nefanda; desejou que a terra se abrisse e o demônio em pessoa o arrastasse para a danação, e bradou que igual destino teria todos os que participaram ou tiveram conhecimento, mas não impediram aquela atrocidade. Completou, afirmando que a mão de todos segurou naquele punhal e que todos, sem exceção, estavam com sangue de uma alma pura e inocente nas mãos; que o Cristo certamente os julgaria no juízo final, e então a danação seria eterna.

Após a missa, um desesperado Eguerrand Boves sai em disparada para o Castillon. Lá chegando, se reúne com seus conselheiros e os conta toda a história. Thomás que a tudo assistia, certamente pensando nos suplícios de sua alma imortal, não abrira a boca por um momento sequer. Seu pai, irado, vociferava aos quatro ventos sobre a estupidez de seu filho. E continuaria assim por muito tempo, até que seu cavaleiro sem-haveres Pierre timidamente o interrompeu:

- Sire!

O Conde correu os olhos surpreso, pois ninguém ousava interromper um de seus famosos acessos de fúria. Ao firmar os olhos no seu cavaleiro, ele abaixou a cabeça e continuou:

- Sire, com vossa permissão: posso falar?

- Fale sem-haveres, e que seja boa a sua fala, pois senão serás castigado por interromper-me. Diga logo!

- Sire, o Papa Urbano II está recrutando cavaleiros para a sua Cruzada, que ele chama de santa, mas o mais importante é que os cavaleiros que forem para a cruzada serão imediatamente perdoados de todos os pecados que possam ter cometido, ou que vierem a cometer.

O Conde de Amiens olhou seu cavaleiro com um ar de espanto, de cima a baixo. Um sujeito com lábios finos, nariz adunco, estilo romano com um queixo proeminente e a testa larga. O conjunto lhe dava um ar de bufão. Ninguém o tomaria por um excelente cavaleiro, o que era, mas o Conde nunca vira sair uma ideia boa daquela cabeça. No combate ou nos duelos era imbatível, sua coragem já fora provada inúmeras vezes, mas esta era a primeira opinião inteligente que ele dera. Ainda assombrado, o Conde começou a sopesar a ideia, e quanto mais pensava, mais gostava dela. Quando falou foi pausadamente, de maneira que todos, mesmo os mais burros, pudessem acompanhar seu raciocínio: "Pierre, sua sugestão é excelente. Ainda ontem mesmo fiquei sabendo que Robert Courteheuse está juntando um contingente para ir à Terra Santa combater os infiéis. Mandarei hoje mesmo um mensageiro para avisar que irei me juntar a ele, com mil soldados e trinta besteiros. Todos pagos a soldo por mim. Mas desde já, aviso que aqueles que participaram do ataque frustrado ficarão somente com os frutos dos saques e de seu percentual em um eventual resgate. Os territórios que nós conquistaremos serão distribuídos por mim, e ao meu bel-prazer.

Thomás resolveu se meter na conversa:

- Conde, você vai se juntar ao inglês? Logo ao irmão desafeto de Guilherme II?

O Conde respondeu de maneira a não deixar dúvidas:

- Será com o inglês sim: Inglês é tudo igual! Além do mais, é uma maneira de agradar ao Rei Willian II, pois não se esqueçam do salvo conduto dado por ele para atravessarmos suas terras e comerciar nos entrepostos ingleses. Senão quem mais compraria o produto de nossos saques? Ou você prefere ir com o irmão do Rei francês, o Hugo Vermandois?

Sem dar chance de seu filho rebater, virou-se de costas e saiu do salão de guerra. Estancando ao chegar à porta e virando-se, berrou:

- Vamos, mande logo um mensageiro avisar Robert e comecem os preparativos. Chamem os ferreiros, comprem madeiras e penas para as flechas, providenciem tudo! E com o dedo na direção do seu administrador gritou:

- Ande seu molenga! Providencie tudo!

O alvoroço tomou conta do Castillon. Ferreiros foram contratados para fazerem pontas de flechas, de dois tipos: a comum e a bodkin[13]; ferraduras, arreios, pontas de lanças em preparo; madeiras foram encomendadas para rodas das carroças, os cabos das lanças e para as flechas. O Conde de Amiens não poupou dinheiro. Os besteiros saíram para a floresta a fim de colher heléboro branco[14] para envenenar as pontas de suas flechas. Armaduras foram polidas com areia e vinagre; espadas e punhais afiados. Nada como a proximidade de uma guerra para melhorar o humor dos homens. Contratos de guerra foram assinados, promessas feitas na igreja de Amiens. Carroças e carroças de mantimentos foram preparadas.

No dia seguinte, São Godofredo, o amado Bispo de Deus, chamou-me tão logo cheguei para meus estudos. Ao aproximar-me de seus aposentos, um acólito barrou minha passagem convidando-me a ir ao refeitório para tomar uma caneca de leite. Estranhei o fato e lembrei que estava sendo esperado pelo Bispo. O acólito deu um sorriso, e entre dentes falou: "Sim, eu sei. Entretanto, o Bispo foi até o Castillon acertar detalhes sobre a partida da cruzada, e tão logo ele volte, você será avisado. Aproveite seu leite, enquanto pode". E riu-se da piada, cujo conteúdo eu desconhecia. Assim que o sino tocou chamando para as vésperas, o acólito retornou ao refeitório e conduziu-me até os aposentos do Bispo.

Lá chegando, vi um Bispo sorridente e fazendo sua refeição na grande mesa que dominava todo o ambiente. Esticou a mão, para que eu a beijasse e, ordenando que eu me levantasse, falou com um ar maroto:

- Phillipe, você sempre desejou ir à guerra, não é verdade?

- Sim Vossa Reverendíssima, entretanto não vejo como o Conde permitiria que eu, um simples filho de lavrador, o acompanhasse nessa empreitada e, mesmo que ele permitisse, não possuo espada, armadura, nem cavalo, sem falar que nunca manejei uma espada ou lança; portanto, acredito que isso não passa de um sonho!

- Pois bem! Disse o Santo, com um sorriso maroto no rosto, realmente isso é um empecilho, não?

- Creio que sim, Vossa Reverendíssima.

- Mas para Deus, nada é impossível. Eu, com a inspiração dada por Nosso Senhor Jesus Cristo, arranjei uma maneira de você ir a esta guerra, ver os horrores e a carnificina que ela traz e como transforma os homens em bestas selvagens. Quem sabe assim você não tira esta ideia tola da cabeça e aproveita melhor este dom que Deus lhe deu?

- Vossa Reverendíssima, como isso é possível?

- Simples: você vai como escrivão juramentado da Santa Madre Igreja. Estive hoje com o Conde de Amiens, e assegurei que os pecados dele e dos seus só seriam perdoados se houvesse testemunho oficial da Igreja. Pois é uma determinação do Papa Bonifácio que o perdão só será dado àqueles que lutassem pela libertação de Jerusalém. Como aqui nós temos poucos clérigos, mandarei dois para fazerem os santos ofícios e darem os sacramentos religiosos. E como você escreve e fala em latim, grego, inglês e francês, servirá bem ao nosso propósito.

- Vossa Reverendíssima! Não sei se estaria à altura desta tarefa, na realidade não desejo ir a esta guerra como escriba, sim como cavaleiro. Algo que já disse ser impossível! Por favor, me libere desta faina, escolha um de seus clérigos, ou melhor, peça que venha um Padre de Roma. Certamente lá há pessoas muito mais competentes que eu.

- Meu jovem e tolo rapaz. Acho que você não tem escolha, neste exato momento o Conde esta fazendo um edito, onde mandará promulgar em todas as suas possessões que em cada família em que haja dois ou mais filhos homens, um terá que ser enviado ao Castillon para entrar no exército de Eguerrand. Isso quer dizer que seu irmão, ou você, terão que ir se alistar compulsoriamente como soldado a pé, munido somente de uma foice, pois vocês não possuem armas e nem dinheiro para adquirir uma e creio que nenhum de vocês saiba lutar com espadas. O Conde concordou com sua ida, pois para ele será uma vantagem possuir seu próprio intérprete para se comunicar com Robert II, além de ser um sinal de status e posição social.

E continuou:

- Mas não se preocupe. Fiz Eguerrand jurar perante a Cruz de Cristo que nem ele, seu filho ou seus homens tocarão em você. Além do mais é sua chance de estar ao lado da realeza, algo que tanto desejas.

Calei-me sem escolhas e sem argumentos. Contentando-me com o arranjo e aquiescendo a meio tom; mais preocupado que feliz.

São Godofredo então avisou que no dia seguinte, após passar

na Igreja e me juntar aos dois Padres, deveria seguir ao Castil-lon, onde me apresentaria ao Conde, ficando, desde então, à sua disposição. As refeições, bem como os deslocamentos e o local de dormir seriam sempre junto com os Padres, e eu deveria abster-me de fornicar, algo muito comum nas guerras; a tal ponto de fazer com que alguns Condes permitam que ao final de seus comboios, outro se forme constituído de prostitutas e mercadores.

Mal amanhecera e eu já me encontrava na porta da igreja, onde os dois Padres, um baixo com a barriga proeminente e o outro além de baixo, magro, já me aguardavam. O gordo possuía o rosto macilento, com cara de quem comete o pecado da gula constantemente. Entregou um hábito tão sujo que parecia preto ao invés do tradicional marrom. Enquanto isso, o mais magro, que apelidei de "ganso" (pois seu pescoço era parecido com o da ave), preparava a sua faca de barbear e um banco, onde mandou me sentar para aplicar a tonsura[15]: corte de cabelo muito comum aos religiosos. Diante de meu protesto, riu falando que, na batalha, somente duas coisas são poupadas pelo inimigo: a Realeza e os Padres e, como certamente com a realeza eu não me parecia, só me restaria parecer com um sacerdote.

Após a tonsura, me passaram duas sacolas: uma feita de couro de ovelha tornando-a impermeável, com uma corda atando sua boca, onde havia os pergaminhos, penas de escrever, o tinteiro e os tabletes de tinta[16] e a outra, que continha um par de sandálias extra, um hábito reserva, além de uma manta para dormir.

Completava a nossa parca posses uma carroça puxada por dois burros fechada em cima, que serviria de dormitório para nós três.

E, sem mais delongas, partimos em direção ao Castillon.

Ao chegarmos à fortaleza inexpugnável, demos de cara com um atarefado Eguerrand, vomitando ordens para todos que encontrasse. Ao nos ver, dispensou um atarantado ferreiro e veio em nossa direção:

- Bom dia! Padres e convidado, vocês, a partir de agora, estão sob minha responsabilidade, conforme combinado com o Bispo. Para zelar por vós, designei um dos meus criados de confiança. Entretanto, vos asseguro que em minhas proprie-dades não correm risco. Na ida para a terra santa, bem como nas batalhas, deverão ficar com o comboio de mantimen-tos, bem atrás da ação. E, virando-se em minha direção, ar-rematou: entretanto você, meu jovem, como é meu tradutor e copista, deverá estar à disposição sempre que requisitado. É verdade que fala e escreve em inglês, grego e latim? E, sem, es-perar resposta, saiu gritando com um lacaio que deixara cair um maço de flechas.

Ficamos ali, parados e boquiabertos, sem saber que rumo tomar, até que um criado, vestido com uma libré[17] nas cores de Amiens, (vermelho e azul) apresentou-se como Theobald. Figura engraçada, alto, magro, com os olhos esbugalhados e uma boca pequena demais para o rosto. Parecia jovem ape-sar da calvície prematura. Theo nos conduziu para o aloja-mento dos besteiros, onde desocupou três catres encostados à parede. Havia uma mesa e um banco entre um catre e outro. O lacaio disse-nos que fora colocado ali para nós usarmos. Disse também que faríamos as refeições na pérgula perto do poço, junto com todos os demais. Falou que deste dia em diante es-taria sempre por perto e, que se algo acontecesse com qual-quer um de nós, sua cabeça não valeria um saco de estrume. Dito isso, saiu cantarolando algo.

Após largar minhas coisas, aproveitei para andar pelas di-versas oficinas espalhadas pela fortaleza. Vi a carpintaria, responsável pelos trabalhos em madeira. Ao aproximar-me da ferraria, vi Thomás conversando com alguém. Aproveitei que estava de costas para mim e girei o corpo para sumir dali antes que fosse visto por ele. Não havia dado dois passos quando escutei um grito:

- Padreco! Pare agora!

Estaquei assustado e amedrontado. Era Thomás, que se virara no exato momento e me reconhecera. Um amargo gosto de fel veio até minha boca; queria correr, mas minhas pernas não obedeciam, senti minha cabeça girar, e ao vê-lo se aproximar, ajoelhei-me em sua frente, abaixando a cabeça fazendo a referência devida do lacaio ao seu senhor. Ouvi-me dizer somente:

- Sire! Estou à sua disposição.

Thomás riu. Uma gargalhada gutural. Parecia o próprio demônio rindo, e ainda sorrindo arrematou:

- Está mesmo à minha disposição, seu bastardo!

Ato contínuo, sacou a espada encostando-a em minha garganta, e disse:

- Poderia acabar com sua vida miserável agora mesmo; iria te degolar como se faz com uma galinha, pois é o que tu és, uma galinha feia e desajeitada. Mas não te preocupes. Meu pai fez prometer que eu mantivesse minha espada na bainha, e sua vida em seu corpo. Mas lembre-se deste momento, de quão perto minha lâmina chegou de seu pescoço, galinha! E agradeça a seu Deus por eu estar de bom humor. Mas fique sabendo: não desejo te ver durante toda a campanha. Agora te vai, suma de minha vista!

Levantei-me rapidamente, e Deus sabe de onde reuni forças

para sair correndo. Mas não antes de tomar um chute na bunda e com tanta violência que fiquei desorientado, tropeçando por um bom trecho. Mesmo dentro do alojamento conseguia ouvir a gargalhada do Conde de Marlle. Deitei no catre, tremendo e, contei o ocorrido ao Padre "ganso", cujo nome era Filinto, que logo me alcançou um pouco de vinho. Bebi um gole e senti a cor voltar à minha face, e a respiração melhorar aos poucos, com o tremor passando logo.

O mensageiro chegou duas semanas depois, com o aviso que quem desejasse se juntar ao exército do Duque da Normandia, Robert II ou Robert Courteheuse, deveria se encontrar em Rouen até o fim de agosto, para os preparativos finais, e que o exército do Conde de Amiens seria muito bem-vindo, desde que as despesas de seus homens ficassem por sua conta, ressaltou o mensageiro.

Saímos no início de agosto, no final do verão, quando os dias começam a encurtar e o mistral sopra dando sinal de sua fúria. Os dias são quentes e as noites frias. O exército era composto de mil e cem homens, entre eles somente duas centenas de soldados de linha e cinquenta arqueiros. O restante foi "voluntariado" dentre as terras do Conde. Vieram de Amiens; Coucy; Marlle e La Fère. A saída foi bem de manhã, logo após as primas que, a pedido do Conde, fora rezada no Castillon. Nesse momento, o Bispo Geoffrey, o santo, rezara e abençoara os que partiam. Após a missa, o Conde de Amiens fez o seu bailio ler o édito[18] de guerra, enumerando os crimes e as respectivas penas.

O Conde e seu filho bastardo Thomás encabeçavam o cortejo. De cada lado e um pouco atrás vinham os cavaleiros, seguidos pelos arqueiros, que também estavam montados. Logo depois desses, ia o contingente a pé. Mais atrás, as carroças de abastecimento, alimentação e de municiamento, com os ferreiros, carpinteiros e cozinheiros responsáveis embarcados. Os escudeiros seguiam mais atrás, fechando o cortejo. Cada um era responsável pela limpeza e conservação da cota de malhas e seus complementos, como elmos, manoplas e pederneiras de seus cavaleiros. Além das suas armas, da reposição e afiação delas e dos cuidados e substituição de suas montarias.

Confesso que, ao partir, havia certa melancolia dentro de minha alma. Penso tudo isso ser derivado do medo do desconhecido e o terror por Thomás, inflado em meu ser. Mas a manhã estava ensolarada e com isso o povo veio à rua para nos saldar e ver o cortejo passar. O Conde Eguerrand I mandou distribuir moedas para os pedintes, e fez uma generosa doação para a igreja, com o teor de manter uma vela acesa até seu retorno. Pude avistar minha irmã e minha mãe, cujos olhos estavam vermelhos de tanto chorar. De nada adiantou explicar-lhes que estava sob a proteção do Bispo e, que se eu não fosse, meu irmão seria obrigado a ir como combatente. Sem dúvidas, essa era a melhor solução. Além do mais a lavoura não perderia um par de braços, pois como eu somente ia para a terra na parte da manhã, pouca falta faria.

Assim que saímos da cidade o meu humor foi melhorando. Logo estava cantarolando junto com os Padres uma das músicas do serviço religioso. E com isso fui apreciando a paisagem que se descortinava à nossa frente.

O carroção com mantimentos passara por nós e andava sempre algumas horas à nossa frente. Isso enquanto estávamos em terra de França. Os cozinheiros e seus ajudantes escolhiam um local para parar, de maneira que quando nós chegávamos, a comida já estava pronta. O cardápio era basicamente o mesmo: uma sopa rala, alguns grãos, lentilha, favas ou grão de bico. Um pão duro e sempre um pouco de cidra, cerveja ou muito raramente, vinho, de péssima qualidade. A carne somente em ocasiões especiais, mesmo assim em pouca quantidade.

Chegamos ao castelo no meio do mês de agosto; as ordens emitidas foram relembradas e as punições aumentadas, caso fossem desobedecidas.

O Duque da Normandia, irmão do Rei inglês Willian II - "Le Roux" (o ruivo), determinou que somente dez homens poderiam entrar por vez na cidadela. A proibição não atingia os clérigos. Foi na chegada que meu trabalho como tradutor começou.

Tão logo o Conde avistou a cidade de Rouen, mandou um mensageiro me buscar. Assim que me postei ao seu lado, foi dizendo:

– Olha a partir de agora necessitarei de seus trabalhos. Ninguém deve saber que tu falas inglês. Ficará sempre ao meu lado como escritor de minhas memórias, será esta a desculpa para os ingleses. E quando estivermos sozinhos quero saber tudo o que foi dito entre eles e deles sobre mim. Afinal, sei que tens uma memória privilegiada, então a colocará a serviço de seu Conde. E quem sabe se você não sai com alguma vantagem desta história toda. Mas lembre-se: é a mim que deve serviço, e não à igreja ou ao seu Bispo. Afinal a terra que sua família vive pertence a mim; posso tomá-las a qualquer momento. Agora vamos, vamos nos avistar com o Robert.

E assim comecei o meu calvário de tradutor. Saímos apressado, o Conde deu-me um cavalo pangaré e fui meio trotando, meio galopando e muito desajeitado na sela de montaria, seguindo Eguerrand I, Thomás, e seus cavaleiros mais importantes em formação. Todos estavam com seus escudos virados de cabeça para baixo, sinalizando que vieram em paz. Vestiam as cotas de malhas, as capas, mas não carregavam lanças. O cortejo não passava de vinte homens, e ao entrarmos na cidadela de Rouen, os cascos dos cavalos no piso de pedra ecoavam como se duzentos fossem.

Entramos no átrio do palácio e um lacaio já esperava o Conde, que desmontou e deu ordens para os cavaleiros comerem algo. O refeitório dos cavaleiros foi indicado pelo próprio lacaio. Eguerrand, acompanhado de Thomás, eu e mais dois cavaleiros de sua total confiança, seguimos o empregado de Robert até as dependências do castelo.

O Conde cumprimentou o Duque Robert Couterheuse com toda a formalidade possível, em Francês, língua comercialmente falada à época. Mas o Duque, para mostrar que aquela era uma corte inglesa, dentro de uma possessão inglesa, devolveu o cumprimento em inglês, devidamente traduzido pelo seu tradutor oficial.

O Conde, após beijar o anel no dedo anular do Duque, levantou-se sem esperar ser mandado, e num ímpeto, disse:

- Deixamos esta hierarquia de lado, afinal estamos aqui pelo mesmo motivo, que é libertar a cidade santa. Eu e meus homens chegaremos ao melhor entendimento sobre a marcha e as batalhas.

O Duque, após a tradução, sorriu e respondeu que as convocações para o conselho de guerra seriam feitas por ele, mas que não havia nenhum interesse em comandar um bando tão indisciplinado. O tradutor, a fim de evitar uma rusga, traduziu a última parte como comandar seus soldados.

Após isso, o Conde se retirou, indo para sua barraca no acampamento. Segui para a nossa carroça e como não encontrei os Padres, aproveitei para adormecer. Não tive dificuldades, pois já havia me acostumado a dormir num carroção apertado ou ao relento, com o frio da noite a me espetar.

Acordei com o Padre mais baixinho me cutucando. Quando abri os olhos, ele avisou que conseguiu um alojamento melhor na catedral de Rouen (não esta de hoje, bonita, em estilo gótico. Mas a antiga, em estilo romano, com as janelas pequenas e a arquitetura densa). Entretanto, como eu não era Padre, teria que ficar na enfermaria, ao invés de dormir no alojamento com todos os irmãos. Contudo, preocuparam-se em providenciar um tapete para me separar dos pacientes.

Juntei minhas coisas e parti, pois qualquer lugar era melhor que as madeiras duras e cheias de farpas da carroça.

Ao sair chamei o lacaio do Conde e disse-lhe onde poderia me encontrar, caso meus serviços fossem necessários.

Mal acabara de me instalar na enfermaria, fui chamado pelo Conde. Quando cheguei, ele determinou que ficasse sempre por perto, e que se somente fosse deitar quando ele me dispensasse. Continuando, perguntou-me se o tradutor inglês falara a verdade. Eu aquiesci escondendo a também a parte do bando indisciplinado, pois como o outro tradutor, eu não desejava começar um conflito entre Inglaterra e França por besteira.

O Conde me dissera que fora convidado para o jantar com o Duque, e que eu deveria ir também e estar sempre próximo, observando tudo, ouvindo tudo. Fui dispensado e voltei para a enfermaria que servia de dormitório para mim. Aproveitei para dormir um pouco já que na guerra você está sempre com sono e fome.

Antes das vésperas me dirigi até a barraca do Conde Eguerrand I e pedi para seu escudeiro me anunciar. O Conde me fez entrar e enquanto se paramentava foi me dizendo:

- Tradutor, ordeno que você se comporte. Sua missão, como já falei, é tudo ver e ouvir sem despertar suspeitas. Eu não confio no inglês. Acredito que ele pretenda me passar para trás, no que concerne à divisão do butim conseguido. Portanto, olhos e ouvidos abertos.

E prosseguiu:

- Há! E outra coisa: Lembre-se que sua vida está pelo fio de minha espada. Portanto fique calado e me informe de tudo, por menor ou mais insignificante que seja.

Balbuciei uns "eu sei Sire", "obrigado sire", e procurei ficar o mais afastado possível de sua lâmina.

Do lado de fora ouvimos uma balbúrdia: fala alta e um riso gutural. Logo entrou o seu filho Thomás e mais dois cavaleiros de confiança do Conde. O velho conhecido sem-haveres e outro até esse momento desconhecido por mim.

O filho do Conde, ao ver-me encolhido num canto tentando tornar-me invisível, fez um sinal de cabeça para seu pai, como quem diz: "O que este bastardo esta fazendo ali?" Eguerrand, num maneio de cabeça, respondeu:

- Ele é nosso olho e ouvido esta noite, e nós dois já nos entendemos, portanto deixe-o na sua insignificância.

O Conde, tão logo seu escudeiro acabou de arrumá-lo, saiu onde seu palafreneiro[19] o esperava com sua montaria de guerra pronta. Seu belo animal possuía um peitoral todo em ferro escovado, uma testeira do mesmo material. Sua cauda cortada curta e uma bela sela de guerra, maior que as comuns, toda trabalhada em sua borda. E por baixo dessa, uma linda capa branca e azul, nas cores de Amiens. O rapaz ficou de quatro no chão, onde o Conde, sem olhar para ele, subiu em suas costas e sentou na linda sela. O escudeiro alcançou o seu escudo, que foi virado de cabeça para baixo em sinal de paz. A um estalar de língua do Conde, o cavalo começou a se mover. O seu filho ia ao lado, mais um pouco à retaguarda; os dois cavaleiros iam a um corpo de distância na parte de trás, bem como manda a etiqueta de posição social.

E eu? Bem, um jovem padre tradutor não tinha nenhuma importância! Então fui caminhando cerrando a fila. Por sorte os cavalos estavam andando, seria pior se estivessem trotando.

Entramos no castelo, onde o Conde aguardou fora do salão principal até ser anunciado. Como eu fora identificado como um Padre a serviço do Conde de Amiens, pude entrar pela porta destinada aos serviçais situada na lateral do palácio. Fui posicionado em pé, atrás da cadeira reservada ao Conde, na extremidade esquerda do salão. A mesa ficava na parte alta e servia para os dignitários presentes. Robert como era o anfitrião e mais graduado entre os presentes, sentara ao centro da mesa. Thomás, por ser o Conde de Marlle, ficou sentado ao lado do pai.

Outras pessoas de importância estavam presentes, o que eu fiquei sabendo graças a um pároco que estava atrás do Bispo Gilbert Fitz Osben. Esse, por me julgar Padre, falara comigo em latim, pois ele era inglês e eu não poderia demonstrar conhecimento dessa língua. Entre os dignitários se destacavam:

O Conde de Blois, Stephen (Estevão) II; o Duque de Bretanha, Alain IV e o outro Bispo Odon Bayeux.

Assim que o Conde entrou, ouvi Alain comentar com o Príncipe:

- Robert, veja! Acabou de chegar o porco.

E ambos riram. Confesso que quase me entreguei, pois a aparência do Conde de Amiens com seu rosto redondo, seus olhos miúdos e seu formato "avantajado" realmente lembra a de um suíno. E ao comparar esbocei um sorriso, por sorte ninguém viu, pois todos olhavam na direção do Conde que entrava no recinto.

O Conde, após cumprimentar o Duque, dirigiu-se ao seu lugar junto a Thomás. Os cavaleiros ficaram nas mesas postas no grande salão, e a nós, pobres mortais, restou tão somente ficar de pé, atrás do seu senhor, até que ele nos liberasse.

Logo os pratos foram servidos: carnes, aves, lentilha, grão de bico, peixes, sopas e caldos. Uma profusão tão grande de comida que me perdi; nunca vira tanta fartura, tudo regado a litros e litros de vinho. Muito vinho já havia sido bebido, quando ouvi o Duque da Bretanha comentar com Robert Courteheuse:

- E a partilha? como você vai explicar para o "francês" que ele terá que dar dois quartos de qualquer butim pego por ele? Todos sabemos que o normal é doar somente um quarto do total. O "porco" vai ficar furioso!

O Príncipe não se fez de rogado, e respondeu:

- Eu o convidarei amanhã ao palácio sob o pretexto de acertar o posicionamento de seus homens na marcha. E todos sabem que ele adora um vinho. O farei experimentar minha safra especial. Vou deixá-lo tão bêbado que ele assinará até o próprio enforcamento.

Dito isso, ambos riram.

Após o último prato, as diversões começaram. O Conde, alegando cansaço dos últimos dias, pediu licença e retirou-se com seus seguidores. Tão logo chegamos à barraca de campo, indagou-me sobre o que fora dito no jantar. No momento em que contei-lhe do plano para enganá-lo, ele ficou furioso; chamou o Príncipe de rato imprestável, que estava para nascer um inglês que o passasse para trás. Que, no dia seguinte, caso eles tentassem realmente o tapear, ele iria desafiar o Príncipe para um duelo.

Aos poucos foi se acalmando, e disse em voz alta: "não posso brigar na hora, pois eles descobririam que tenho meu próprio tradutor; ao contrário, se eu trouxer o contrato para cá, alegando que iria pedir para um dos meus cavaleiros menos importantes para traduzirem, poderei negar a assinatura sem que desconfiem".

O convite para o castelo veio no dia seguinte, e o Conde resolvera ficar em sua barraca sob o pretexto de estar com o "mal das guerras[20]". A escusa funcionou e quando o Duque mandou um mensageiro perguntando onde ele gostaria que posicionasses seus homens, a resposta foi "perto de mim".

Os soldados começaram a ficar entediados com a demora. Justamente quando estavam no auge do tédio, chegou um mensageiro dizendo que a sairíamos no dia cinco de setembro. O dia aprazado amanheceu nebuloso, com uma chuva fina. Alguns soldados acharam um mau presságio sair para guerrear num dia assim. Entretanto Robert II comentou que o amanhecer se parecia com os dias na Inglaterra, e que não havia tempo melhor para combater. E assim o comboio saiu, com os homens de Amiens formando toda a retaguarda do comboio.

Não devo aqui entediar o caro leitor com uma enfadonha descrição do percurso feito; basta dizer que passamos por Pisa, Monte Cassino, Roma, Taranto e atravessamos a barco chegando a Durrés, já no império Bizantino. De tanto caminhar e à medida que a nossa querida França ia ficando mais para trás, mais saudade eu sentia de casa.

O Conde de Amiens reclamava sobre o fato de Robert II demorar-se na marcha, parando mais que deveria nos lugares aprazíveis. Falava que, quando chegasse a Jerusalém, o Cristo já teria ressuscitado, de tão lenta que era sua marcha. Enquanto isso o restante dos cruzados já se encontravam bem adentrados em território palestino, chegando à cidade de Ni-caea.

SANGUE E GLÓRIA

A BATALHA DE NICAEA

O Duque, Bohemund, e os outros Príncipes precederam o Conde e estavam envolvidos nos trabalhos do cerco da cidade de Nicaea (Nicéia) que é naturalmente fortificada. Além desse fato, os moradores melhoraram o que a natureza encarregou-se de fazer muito bem. Há no oeste um lago muito grande que flui até a parede da cidade. Nos três lados restantes do lugarejo, existe um fosso preenchido com o transbordamento de certos riachos. Além disso, a cidade está cercada por paredes tão altas que nem os assaltos de homens, nem os ataques de qualquer torre de assalto ou catapultas são temidos. Na verdade, a cobertura que as balistas[21] postas nas torres dão umas às outras é tão eficiente que ninguém pode aproximar-se sem perigo. Mas, se por ventura algum desavisado se aproximar, será facilmente dominado sem conseguir retaliar de volta.

Assim que chegamos, fomos informados que Bohemund I cercava a cidade pelo norte; Godofredo de Bulhões e seus alemães a partir do leste enquanto o Conde de Toulouse Raimundo IV e Bispo do Puy, Ademar de Monteil, pelo meio. Uma tentativa de libertar a cidade do cerco foi feita, quando aproximadamente cem soldados tentaram atacar Conde Godofredo que graças à intervenção divina e a destreza dele, foram rechaçados. Neste meio tempo, os homens do Conde Bohemund foram atacados pela mesma quantia de inimigos, bem no instante em que montavam o cerco. O ataque pegara todos completamente de surpresa. A sorte parecia sorrir para os seguidores de Alá. No momento em que o Conde já dava por perdida a luta, Godofredo, que se desvencilhara de seus sarracenos, apareceu atacando por trás. Os infiéis se viram lutando em duas frentes e o que antes era uma luta transformou-se em carnificina com os soldados de Deus golpeando de modo desmedido. Os poucos sobreviventes desta contenda foram os que largaram suas armas no campo de batalha e correram de volta para a fortaleza. E com isso, esta pequena escaramuça deu-se bem para nós.

A cidade com suas fortificações era praticamente invencível: as duas únicas maneiras de transpor os muros eram através de um "quinta coluna[22]", ou através de mineiros, que chegariam até um ponto aos pés da muralha e começariam a cavar para que ela desmoronasse. Isso seria extremamente difícil, pois os mineiros enquanto escavavam, precisavam ter soldados com escudo por sobre suas cabeças, e outros para rechaçarem os ataques que aconteciam.

Uma tentativa deste tipo foi feita pelos homens de Raimundo e do Bispo, que construíram um testudo[23] e conseguiram chegar a uma torre, onde após uma luta com os sarracenos, começaram a escavar. Isso teria dado resultado, mas com a chegada da noite, a brecha aberta foi reconstruída e todo o trabalho ficou arruinado.

A batalha de Nicaea só não foi mais difícil devido a um erro tático do sultão Quilije Arslam, do sultanado de Run, cuja capital era a própria Nicaea. Não acreditando no poderio bélico dos cruzados, deixou a cidade para ir combater contra os danismendidas a leste pela posse da cidade de Melitene. Quando percebeu o seu erro e tentou voltar, já era tarde demais. A sua vanguarda foi derrotada por Raimundo de Toulouse e Roberto da Flandres a 20 de Maio e, no dia seguinte, o exército seljúcida com cerca de dez mil homens perdeu uma batalha que se arrastou até depois do cair da noite. As perdas foram graves de ambos os lados, mas foi o sultão quem acabou por retirar suas tropas, apesar das súplicas de Nicéia. Já em Icônio (atual Cônia), que se tornaria a nova capital do sultanato, Quilije Arslam enviou uma mensagem à sua guarnição de Nicéia:

- Tendo em vista os ataques da anterior vaga de cruzados e caso a situação se torne insustentável, sugiro a rendição da cidade aos bizantinos.

Essa mensagem soou como que provando que o temor aos cruzados era justificado. Nós catapultamos para dentro das muralhas as cabeças dos soldados turcos mortos nos combates anteriores.

Ficamos sabendo que o imperador Bizantino Alexius I Comneno havia se aliado aos cruzados, e trouxera seus navios por terra até o lago que cercara a cidade, cortando assim todo o suprimento dos seljúcidas que chegava por ali.

Posicionamo-nos para fechar o cerco completamente. Os defensores de Nicéia, quando viram o cerco completamente fechado, e sem poder receber os mantimentos pelo lago, resolveram se entregar. Entretanto, nesse ínterim, O Imperador Bizantino negociou a rendição da cidade fortificada em segredo. Quando o dia amanheceu, Alexius I estava de posse da cidade. Ele concordou em dar ouro, prata e cavalos para os cruzados. Nós aceitamos a contragosto esta rendição feita a Alexius, apesar de ter sido pouco o ouro, escassa a prata e raros os cavalos. Descobrimos que Pedro, o Ermitão, aquele que tivera seus seguidores massacrados em Amiens, conseguira arrebanhar um enorme contingente de fiéis e montara sua própria cruzada, uns falam em sessenta mil outros em dez, mas o que importa é que, por indicação de Alexius I, vieram até Nicéia, sem conhecimento de sua defesa, sem conhecimento do terreno e completamente despreparados. Muitos armados com paus, foices e forcado. Desnecessário dizer que foram massacrados pelo sultão Quilije Arslam. Ainda assim, os poucos que escaparam foram os que conseguiram correr até uma fortaleza abandonada, onde puderam se defender ainda que precariamente. Os infiéis, contentes com a vitória, fizeram muitos escravos, enviando-os para suas cidades.

Assim, cerca de dois mil da cruzada "dos pobres", comandada por Pedro Ermitão, entraram na nossa cruzada, sem armas ou alimentos, completamente depauperados.

Os cruzados se viram em maus lençóis devido à traição de Alexius, que nos furtou de tomar a cidade e reabastecer as nossas despensas com sua comida e nossos bolsos com seu ouro. A despensa vazia culminou na divisão do exército cruzado em dois blocos, com uma distância mínima de cinco quilômetros entre eles. A vanguarda era composta de dois contingentes: Roberto II da Normandia comandava uma maioria de normandos, mas também bretões e angevinos; Bohemund de Taranto e Tancredo de Altavila lideravam normandos do sul da Itália e outros italianos, seguidos por Roberto II da Flandres, Estêvão II de Blois e o general bizantino Tatízio, encarregado de se certificar que outras cidades conquistadas seriam devolvidas a Bizâncio. As forças da retaguarda também se dividiram em duas: Godofredo de Bulhão e os seus irmãos Balduíno e Eustácio III de Bolonha, seguidos por Hugo I de Vermandois, comandavam valões, renões e francos do norte da França; Raimundo IV de Toulouse liderava uma maioria de provençais, mas também guerreiros originários da Auvérnia, Limusino, Languedoque e Gasconha, e era acompanhado pelo legado Papal Ademar de Monteil.

A BATALHA DE DORILÉIA

A o cruzar o planalto Anatólio, o exército de Bohemund resolveu acampar perto das ruínas da cidade de Dorylaeun (Doriléia), após uma marcha de três dias sob o sol escaldante da Anatólia. Era o anoitecer do dia trinta de junho. O inferno deve ser bem parecido com este lugar, pois aqui só se vê areia e sol escaldante. Quando a noite chega as temperaturas ficam extremamente frias. O Conde, em seguida, nos contou que seus batedores já haviam informado que estavam sendo seguidos pelo exército seljúcida; assim, ele escolhera abrigar-se no local por causa das fortificações. Além disso, o acampamento ficava perto do rio Tymbres, pois sabia que se fosse atacado no meio do deserto seria pior, uma vez que, para o inimigo, bastaria somente cercar e esperar que a tropa do Conde morresse de sede. Mesmo sabendo que a região é montanhosa e sendo assim, propícia para o tipo de guerra de emboscada que os infiéis praticavam, Bohemund resolvera acampar ali.

O Conde Bohemund, como não tinha muita escolha, ignorou completamente o aviso, achando que se os turcos atacassem, o fariam pela manhã, com o romper do dia. Contudo, no meio da noite, o exército turco, através de seus arqueiros, atacou o acampamento. Usando uma tática da cavalaria ligeira, eles chegavam à distância de disparo dos seus arcos, atiravam e retraíam imediatamente. Tal açodamento causou pânico no exército do Conde, que fora pego de surpresa. Os homens corriam às cegas. Muitos dos soldados que se encontravam sem armaduras; os que nem as tinham e os civis que sempre acompanham os exércitos foram mortos. O Conde gritava no meio do acampamento para seus homens colocarem suas cotas de

malhas e formarem uma fileira para proteger os não combatentes: os feridos e os soldados sem armaduras. A ordem
de Bohemund de Taranto funcionou, entretanto, deixou sua
linha de defensores estática, posição propícia para este tipo
de ataque. Essa defesa mesmo estática permitiu que houvesse
tempo para organizar seus cavaleiros, para que partissem em
levas para atacarem os arqueiros. Entretanto, os cavaleiros
turcos por estarem mais leves, e por terem nos cavalos árabes a agilidade e velocidade, que se contrapõem à força e ao
tamanho do cavalo ardennais, estavam em vantagem. A tática
de atacá-los deu pouquíssimo resultado. Apesar dos arqueiros
árabes pouco conseguirem contra as armaduras dos soldados,
os civis e os cavalos sofreram bastante baixas. O Conde enviou
mensageiros aos outros exércitos na esperança de que eles
chegassem e atacassem o exército turco por trás, obrigando-
os a lutar em duas linhas de frente. Mas enquanto a ajuda
não aparecia, a solução seria resistir o máximo que desse. A
cavalaria fez um círculo protetor, na vã esperança de aumentar a defesa de suas tropas, mas foi de pouca valia. Morreram
nesse combate mais de dois mil homens. Alguns cavaleiros
mais afoitos, partiam em carga contra o inimigo mas, devido
às peculiaridades de sua montaria, mantinham-se sempre à
frente dos cruzados. Apesar da armadura de ferro que os pro-
tegia, os turcos acreditavam que se uma quantidade enorme
de flechas fosse atirada, uma invariavelmente acharia uma
brecha na armadura. E isso, ocasionalmente, acontecia.

Godofredo de Bulhão foi o primeiro a vir em socorro das
tropas. Chegou por volta da sexta (meio dia), com cerca de
cinquenta cavaleiros. Forçou passagem entre o exército turco
para chegar a Bohemund. O Conde Godofredo tentou durante toda tarde. As baixas eram enormes e o exército turco,
qual lobo quando sente o cheiro de sangue da presa, tornou-
se mais aguerrido, antevendo a derrocada dos soldados de
Deus. O Conde Bohemund, sempre recuando, fora forçado a se
abrigar nos baixios, uma região insalubre e lamacenta do rio

Tymbres, o que dificultava ainda mais a mobilidade de seus cavaleiros e cavalos.

Um pouco depois do ataque de Godofredo (às duas horas da tarde), Thomás pediu permissão ao seu pai para atacar. O plano de Thomás foi levado para o Duque Raimundo, que consistia em atacar pelo flanco do inimigo, pegando assim todos de surpresa. Raimundo aprovou o plano e Thomás, com os homens que seu pai trouxera, partiu para o ataque. Honra seja feita! O Conde de Marlle fora moldado para o combate; via-se a alegria feroz nos seus olhos; a sede de matar estava presente nos seus gestos e em sua voz. Thomás fora talhado para levar a morte e a destruição quando partia numa carga. Em sua fúria sanguinária, até o próprio Satã teria medo.

O exército turco fora pego completamente de surpresa. Com o seu flanco completamente exposto, fora obrigado a retirar-se em desordem. O Conde de Marlle, viu uma brecha no flanco do inimigo, que deixou exposto o seu comandante. Aproveitou e esporeou seu cavalo partindo numa carga de cavalaria, sem dar tempo para que os seus comandados o acompanhassem. Entretanto, tão logo passou pela brecha, ela foi tampada com um contingente de infantaria leve que viera em reforço. Thomás, que estava sustentando a carga, não se apercebera da posição perigosa em que se encontrava. E a situação que era perigosa, complicou-se, pois seu cavalo foi atingido e o Conde projetado ao solo. Baptiste, que assistia tudo do alto de sua montaria, partiu para socorrer seu amigo e senhor. Comandando seu cavalo, começou a penetrar onde antes havia a brecha. Um espetáculo magistral foi visto, com Baptiste e seu cavalo adestrado em batalha. O fiel companheiro de Thomás subia e descia sua espada com precisão e, a cada golpe, um corpo. Ao mesmo tempo, através de comandos previamente ensinados, o animal escoiceava, dava cabeçadas com sua placa frontal, mordia e empinava para descer com fúria em cima de um coitado que estivesse à sua frente. Parecia um bailado de dor e morte; era uma verdadeira máquina de matar. Cavalo e o cavaleiro em perfeita sintonia: derrubando, degolando e pisoteando os inimigos. Se existissem mais dez daquela dupla, a vitória seria nossa facilmente. Mas Baptiste só tinha olhos para seu senhor, que se encontrava acuado entre vários inimigos. Até que, finalmente, sua montaria, em um pulo magistral, conseguiu se colocar entre Thomás e os sarracenos. Baptiste virou o cavalo de lado e estendeu a mão para Thomás subir em sua cela. Nesse exato momento, ele expôs seu flanco esquerdo. Um mouro vindo não sabe de onde, enfiou uma lança entre suas costelas. Baptiste acusou o golpe com uma careta, mas manteve a mão estendida para o Conde de Marlle, que a segurou, subindo na garupa. O fiel amigo de Thomás esporeou o cavalo pela última vez. O animal abriu um galope em direção ao nosso exército. Quando finalmente chegou junto de nossos homens, Baptiste caiu ao solo, com sangue saindo em golfadas por sua boca. Thomás pulou logo depois e erguendo a cabeça de seu grande amigo tentou limpar o sangue que escorria. Baptiste o olhou e tentou dizer algo, mas de seus lábios somente saíam sangue. Thomás o silenciou e murmurando falou:

- Eu sei meu amigo, devo a ti minha vida hoje e um número de vezes maior que sei contar. Mas para onde você vai não posso te acompanhar ainda. Vá à frente, na certeza que estarás ainda hoje no céu, ao lado do criador. E me esperando. Pois um dia, estaremos juntos novamente. Tomarei conta de seus pertences e te darei um enterro digno de um lorde. Baptiste segurou em sua mão, olhou-o profundamente nos olhos, esboçou um sorriso e deu seu último suspiro. O Conde de Marlle soltou um urro. Parecia um urso ferido. E atirou-se no combate com furor redobrado. Os mouros vendo o Conde lutando e atacando com uma força titânica deram-lhe um apelido que perdurou enquanto estivemos em campanha. O chamaram de MAJNUM, que em árabe quer dizer "O LOUCO". Assim era como lutava, não tinha tática e nem preparação, simplesmente golpeava e golpeava, cortando a destra e a sinistra, de cima para baixo, subindo e descendo sua espada. Até que os inimigos, atônitos, abriram uma clareira em sua volta. Isso deu tempo para os seus homens reagruparem-se e atacarem com fúria redobrada. O exército turco perdeu seu ânimo naquele instante, vendo a ferocidade do ataque e isso aliviou a pressão em cima de Bohemund e seus homens, dando tempo para o exército cruzado se organizar da seguinte maneira: Bohemund, Tancredo de Altavila, Roberto II da Normandia, Roberto II de Flandres e Estêvão de Blois na ala esquerda; as forças de Toulouse no centro; Godofredo de Bulhão e Hugo de Vermandois à direita. Assim que a tropa se distribuiu no terreno atacaram o exército de infiéis.

Entretanto, apesar da surpresa e da ferocidade com que o ataque fora feito, os turcos só foram completamente rechaçados lá pela nona (três horas da tarde) quando Bispo Ademar de Monteil o legado Papal, com Raimundo de Toulouse na vanguarda veio com seu exército, circundando o local da batalha, ocultando-se por colinas e através do rio, flanqueando assim os arqueiros da esquerda e surpreendendo os inimigos pela retaguarda. Atemorizados ao ver o seu campo em chamas e intimidados pela ferocidade e resistência cruzados, os turcos fugiram, abandonando o seu campo e forçando o sultão Kilij Arslan a retirar-se.

Thomás voltou ao local onde seu amigo tombara, recolheu seu corpo e pediu a um dos Padres para dar um enterro cristão. Após a queda da Antioquia, Thomás mandou exumarem seu amigo e enterrarem na Igreja de Santa Sophia, em um túmulo ornado. Creio que se o Conde de Marlle alguma vez na vida gostara de alguém além de si mesmo, este alguém foi Baptiste, seu devotado criado.

Com o abandono do acampamento seljúcida, o butim conseguido fora imenso. Ao invadirem o acampamento turco, viu-se que as tendas eram ricamente ornamentadas. Conseguiu-se encher todas as despensas com os víveres aprisionados, mas não sem sacrifício; cerca de quatro mil cruzados pereceram nesta batalha, e fala-se que três mil turcos morreram no combate.

Os tesouros foram reunidos e distribuídos pelos seus comandantes entre os exércitos. Nesse momento, surgiu a primeira rusga séria entre o Conde Eguerrand e o Duque Robert Courteheuse. o Conde, alegando que a intervenção de seu filho e Conde Thomás de Marlle fora crucial para levar os cruzados à vitória, reclamou por achar pouca a sua parte no butim. Entretanto, o Duque alegou que, como ele não passava de um simples Conde e que só trouxera mil soldados, o butim recebido fora mais que suficiente. Nesse momento, um enfurecido Thomas toma a palavra, e diz energicamente:

- É fácil falar agora, mas enquanto eu estava sacrificando meu pescoço e meu fiel escudeiro sendo morto, o sire Duque estava refastelado na sua barraca. Seu porco imundo! O tradutor embranqueceu. Seu pai, o Conde Eguerrand de Boves, gaguejou e calou-se. O Príncipe, após a tradução, ficou vermelho e levou a mão à espada. Por sorte, ou por providência divina, nesse exato momento, o Bispo Ademar entrou na barraca para conversar com Robert. Ao se deparar-se com aquela cena, levantou sua voz e disse:

- Sires! Devo lembrá-los que o combate é contra os sarracenos, estas bestas infiéis, e não dentre vós? Lembrem que o Papa só dará o perdão para os infiéis mortos, não lutemos, pois.

O Príncipe, ainda mantendo sua mão na espada semi retirada da bainha, era encarado por Thomás, com um olhar desafiador. Eguerrand intercedeu e mandou seu filho retirar o que falara, imediatamente. Por um momento achei que Thomás iria manter sua palavra, mas logo o ar de ira, que estava estampado em seu rosto se desanuviou e ele adquiriu o ar ladino, algo comum em suas feições. Ajoelhando e dizendo num tom que não cabia de arrependimento:

- Perdoe-me, meu Príncipe, foi a perda de meu fiel escudeiro que me fez agir tão tolamente; falei sem pensar. Não queria ofender e nem aviltá-lo perante as pessoas presentes.

Robert Courteheuse, com um suspiro, embainhou a espada novamente e disse num tom imperioso:

- Somente por que o Bispo pediu e por que a sua atuação foi importante nesta batalha. É que eu não o desafiarei para um duelo. Entretanto alerto-o: na próxima vez, iremos às vias de fato. Não admitirei mais este ou qualquer outro insulto sem reagir.

Foi com um alívio estampado no rosto que o tradutor real repetiu em francês essas palavras.

Por estarmos em pleno verão, a travessia do deserto foi terrível. Com a água escassa, os animais e os cavaleiros eram os que mais sofriam. Foi dada a ordem de desmontar e aliviar completamente o peso do animal. Os cavaleiros colocaram suas armaduras nas carroças destinadas a isso, e somente era permitido levarem as espadas atadas à cintura. Os besteiros que estavam na cruzada foram distribuídos nas colunas de marcha de maneira a estarem em condições de rechaçarem qualquer ataque, enquanto os cavaleiros e os cavalos se aprontavam. A areia penetrava em nossas roupas, a boca constantemente seca, os pés queimando no chão escaldante e o sol sempre a brilhar sobre nossas cabeças. Essa é minha recordação daquela travessia. Muitos animais pereceram, bem como os mais fracos que ficaram pelo caminho. Nunca vi o trabalho dos Padres ser tão requisitado como naqueles dias.

A BATALHA DE ANTIOQUIA

C hegou aos nossos ouvidos, por meio dos espiões, que os seljúcidas haviam abandonado a cidade. Forçamos a marcha para tomar a cidade onde o apóstolo Paulo pregou pela primeira vez. Além disso, necessitávamos urgentemente de víveres. Entretanto, para nosso espanto, ao chegarmos às margens do rio Orontes, no dia vinte de outubro de mil e noventa e sete, verificamos que a cidade estava completamente ocupada e pronta a oferecer uma grande resistência. As muralhas que a cercavam pareciam feitas por gigantes e encimadas por mais de quatrocentas torres, tornando a construção imponente e ameaçadora, um grande desafio a ser enfrentado pelos cruzados.

Os líderes discordaram sobre qual melhor tática de invasão. Eu, junto do Conde de Amiens e Robert II, assistimos uma discussão acalorada entre os líderes, pois Godofredo de Bulhão e Bohemund de Taranto desejavam montar um cerco à cidade enquanto Raimundo IV achou melhor tentar um ataque direto, opinião acompanhada por Robert II. A alegação de Raimundo era que os cruzados não possuíam homens suficientes para cercar completamente cidade, daí que o ataque direto seria a melhor escolha. Mas Godofredo retrucou, dizendo que os homens estavam muito cansados e enfraquecidos por causa da longa caminhada pelo deserto e a falta constante de víveres; e que um ataque direto resultaria em muitas baixas numa cidade tão fortemente edificada. Por fim, a opinião de Godofredo prevaleceu. Contrariado, coube a Raimundo e a Robert Courteheuse se retirarem para iniciar o cerco.

Demos início ao cerco à cidade no dia seguinte (vinte e um de outubro) e, como Raimundo IV previra, a quantidade de cruzados foi insuficiente para cercá-la completamente. Tamanhas foram as dificuldades encontradas que fizeram o Conde Eguerrand esbravejar:

- Nunca em minha vida vi um cerco tão mal feito; com mais buracos que minha cota de malhas. Os sitiados vão receber mantimentos e homens à hora que desejarem. Este Godofredo é um tolo. Ficaremos aqui, com poucos mantimentos e sob este sol escaldante. Sei que as fortificações são fortes suficientes para conter um ataque direto, mas creio que Yaghi-Siyan, o governador da cidade, não possui homens suficientes para bem defender uma muralha tão extensa, e certamente nós acharíamos uma brecha na defesa, onde nossos mineiros poderiam escavar um túnel para desmoronar parte da muralha. Sei que levaria tempo, mas bem menos que levará este cerco mal feito. Tenho certeza que o governador deve ter ficado aliviado ao perceber que não pretendemos atacar diretamente e sim cercar. Bando de tolos!

Os acampamentos e conseqüentes cercos ficaram assim dispostos: Conde Bohemund acampou no canto nordeste da cidade, na Porta de São Paulo; Raimundo assentou campo mais para oeste, na Porta do Cão; Godofredo posicionou-se na Porta do Duque, ainda mais a oeste, onde foi feita uma ponte de barcos através do rio Orontes até a aldeia de Talenki. Ao sul encontrava-se a Torre das Duas Irmãs e no canto noroeste a Porta de São Jorge, que não fora bloqueada pelos cruzados e seria usada para abastecer a população com mantimentos. Nas ameias sul e leste de Antioquia localizavam-se uma área montanhosa chamada Monte Sílpio, onde se encontravam a cidadela e a Porta de Ferro. As muralhas se estendiam pelo cume do monte, tornando o acesso por ali impossível.

A fome já batia à nossa porta novamente quando, em meados de novembro o cavaleiro e nobre Tancredo de Hauteville, chegou com reforços, ao mesmo tempo em que uma frota genovesa trazendo provisões, aporta no cais do porto São Simeão.

No imaginário popular um cerco é algo bonito, com os cavaleiros vestidos com suas couraças, os inimigos do alto de suas muralhas atirando flechas, as catapultas lançando seus projéteis. Enquanto o comandante da um lindo discurso sobre honra e Deus, exortando os cruzados que, com seus escudos por sobre as cabeças tentam derrubar os portões. Mas na realidade são horas, dias até, sem que nada aconteça. Os homens que cercam ficam cansados, o cheiro emanado dos cadáveres expostos ao tempo é insuportáveis. As necessidades fisiológicas, devido à enorme quantidade de pessoas, são feitas em qualquer local. Os bordéis enxameiam os acampamentos bem como as cantinas, tendo inclusive lordes que montam suas próprias cantinas e bordéis para recuperarem e até ganharem mais dinheiro. O mal da guerra (disenteria) ataca um em cada três soldados. O cheiro de morte, de carne putrefata permeia o ar; é um odor nauseabundo. As moscas aparecem aos milhares, não se consegue comer nada sem engolir uma (ou várias junto com a comida). Sem falar nas baratas, ratos e os corvos, verdadeiros lixeiros do campo de batalha. A alegria é quando chove, pois a água lava e limpa, pelo menos momentaneamente, o acampamento. Apesar disso, depois fica pior, pois a toda a imundície junta-se uma porção enorme de lama. Nesse cenário insalubre, há sempre um contingente de homens preparados para o combate, e esses estão sempre à frente do acampamento sempre dispostos para a pronta reação. A vida desses infelizes consiste em dormir mal e alimentar-se pior ainda, à espera do ataque.

Novamente em Dezembro a fome, nossa companheira de jornada, batia à porta. Os mantimentos voltavam a ficar escassos à medida que o inverno chegava. Nesse período, o Conde Godofredo de Bulhão adoeceu pegou o "mal da guerra". No final do mês o conselho de guerra mandou o Conde Bohemund e Roberto II da Flandres, acompanhados de 20.000 homens, irem para o sul numa tentativa de saquear alimentos. O Governador, Yaghi-Siyan tentou um ataque surpresa pela Porta de São Jorge a 29 de Dezembro e atacou o campo de Raimundo de Toulouse em Talenki. O Conde cristão repeliu o inimigo e o perseguiu até as portas da cidade, mas não conseguiu entrar.

Neste meio tempo, o Governador de Damasco Duqaq, que veio em socorro da cidade, atacou Bohemund e Roberto com um exército. A vitória mais uma vez foi nossa, contudo, houve um revés: apesar da nossa vitória, os mantimentos não foram conseguidos. Para o nosso desespero, ambos voltaram para o acampamento sem os tão desejados e necessários alimentos. Um pouco depois das matinas (por volta de uma hora) do dia trinta de dezembro, acordamos com o chão tremendo. Muitos acreditavam que Deus, para mostrar todo seu descontentamento com nossa demora em libertar a cidade santa, mandou seus anjos destruírem nossos exércitos com o tremor. Isso causou um desespero total na tropa. Era uma cena triste de se ver: muitos cavaleiros e nobres, que não recuavam ante ao inimigo, ajoelhados chorando e pedindo perdão por seus pecados vestidos somente com roupas de baixo. O medo e a preocupação dominaram todos durante o resto da noite e do dia, apesar dos esforços dos Padres e do Bispo em rezar uma missa campal, na tentativa de assegurar que todos nós estávamos lutando a causa de Deus. Mesmo assim, quando o crepúsculo surgiu, o bando teve outro sobressalto: O céu estava todo iluminado por feixes de luz que percorriam de um lado para outro. Era o que se conhece como aurora boreal. Entretanto, para nós, eram as almas dos mortos chegando ao paraíso. Novas demonstrações de arrependimento, pedidos de perdão, soldados se reconciliando com seus desafetos e orações dominaram o acampamento.

Mas os clérigos estavam certos, lutávamos realmente a causa de Deus, pois as semanas seguintes foram de chuvas intensas, fora de época e muito frio, o que obrigou o Governador de Damasco, que viera ajudar a cidade de Antioquia, a partir sem nos atacar.

Com isso o ano de 1098 que iniciou com tantos infortúnios, começara a dar mostras que seria benéfico para nossa causa, apesar do cerco se arrastar pelo inverno, trazendo frio, fome e a morte! Cerca de um em cada sete cruzados morria de inanição ou frio. E ao final só sobraram setecentos cavalos.

Um boato hediondo varreu o acampamento dos cruzados: ouviu-se que os seguidores de Pedro, o Ermitão, por serem mais pobres e estarem menos preparados, estavam praticando o canibalismo, comendo os corpos dos inimigos ou dos companheiros que não sobreviveram. Alguns recorriam aos cavalos, outros, mais cristãos, preferiam passar fome. O Bispo combatente, sabendo desse problema, enviou um pedido solicitando mantimentos ao Conde Balduíno, que conquistara e fizera o condado de Edessa. O agora Balduíno como Conde de Edessa, enviou mantimentos e dinheiro. Entretanto a sua ajuda foi somente essa: infelizmente, nunca apareceu para combater; parece que ele já conseguira seu intento.

A cristandade se condoeu com a nossa situação, alguns fiéis do local e um cristão ortodoxo exilado na ilha de Chipre de nome Simeão compadeceram-se com a nossa situação e enviaram alimentos. Mas nunca havia quantidade suficiente, estávamos sempre com fome. Pedro o Eremita, foi pego desertando em janeiro por Tancredo de Altavilla, e um Ermitão sem prestígio, com a moral abalada, foi enviado de volta para seu acampamento. As deserções só aumentavam em janeiro e por isso foi feito um edito, assinado por todos os comandantes dos cruzados, que aquele que fosse pego desertando, seria executado em praça pública, e seus restos deixados para os corvos.

Graças a Deus que o mês de janeiro se foi. E logo no início de fevereiro o Legado Tatizius, cujo cargo seria o de aconselhar os cruzados e ser o representante de Aleixo Comneno I, foi embora com a alegação que suas palavras caiam em "ouvidos moucos". Isso dito por Ana Comnena, que declarara ainda haver um plano para assassiná-lo, informado ao próprio por Bohemund de Taranto. O plano fora arquitetado, segundo Bohemund, por que acreditava-se que o imperador de Bizâncio, Aleixo Comneno, estava aliando-se aos turcos para derrotar os cruzados.

Na realidade tudo não passou de um plano, tramado por Bohemund, para declarar o ato do representante como covardia aproveitando, assim, para quebrar o compromisso firmado com Bizâncio de passar o controle da cidade de Antioquia para o controle de Aleixo, tão logo a cidade fosse tomada pelos soldados de Deus.

Mas Bohemund não se contentou somente em afastar Tatizius. Sabendo ser um dos principais líderes, bem como da quantidade de homens que trouxe para a cruzada, ameaçou ir à Itália para buscar reforços.

O que nós não sabíamos era que o Governador de Antioquia Yaghi-Siyan continuava a negociar com os governos vizinhos a libertação de sua cidade, e como resultado de tal negociação, o exército de Ridwan da cidade de Alepo, caiu com um enxame de abelhas na localidade de Harim. Mas quem combate com o Deus dos exércitos do seu lado não teme o resultado das batalhas. Logo o General de Alepo foi derrotado, sendo posto a correr como um cão sarnento para sua cidade.

Uma novidade chegou a nosso acampamento no mês de março: uma frota inglesa comandada por Edgar Atheling aportou em São Simeão. Os navios traziam materiais para construção de engenhos de cerco, que seriam usados em futuros ataques.

Ao transportar a carga para o acampamento, Bohemund I e Raimundo de Toulouse foram atacados por uma guarnição de Antioquia. Por sorte o Conde Godofredo correu em auxilio e derrotou os infiéis. Tempos depois, soubemos que o material e a frota haviam sido dados ao Edgar por Aleixo I Comneno. Felizmente, Bohemund conseguiu convencer todos os outros Lordes que como não foi uma ação direta dos Bizantinos e por isso poderiam continuar considerando uma quebra ao juramento feito em 1097.

O material, de grande valia, foi suficiente para construir alguns engenhos de cerco e um forte, cujo nome foi "LA MA-HOMERIE"; algo como "o templo de Maomé". Um toque de sarcasmo contra os infiéis e sua religião. O comando coube ao Conde de Toulouse. O forte foi construído de maneira a bloquear a porta da ponte e impedir que o Governador da Antioquia atacasse as linhas de provisões cruzadas a partir de dois portos: São Simeão e Alexandreta. Além do forte e dos engenhos construídos, aproveitamos que havia material de sobra e reparamos um mosteiro destruído a oeste da porta de São Jorge, na tentativa de cortar o abastecimento da cidade. A guarda do mosteiro ficou a cargo de Tancredo de Altavilla; fazendo com que o lugar ficasse conhecido como forte de Tancredo. Com isso, o cerco se fechava. A estratégia mostrou-se eficiente, à medida que conseguimos capturar um comboio de mantimentos destinado à cidade e essa apreensão melhorou muito o nosso combalido estoque de alimentos.

Em maio recebemos a notícia que um exército de infiéis, vindo de Mosul e comandado por Kerbogha se aproximava. O seu número impressionava, havia neles contingentes de Mosul; Damasco; Alepo; Duqaq; Ridwan, além de Persa e

Ortóquidas vindos da Mesopotâmia. Entretanto, para a nossa sorte, o comandante Kerbogha cometeu um erro estratégico: resolvera atacar a cidade de Edessa, agora sob o domínio do Conde Balduíno de Bolonha. Para a nossa sorte, o Conde Balduíno soube bem defender sua nova possessão e, após três semanas, a cidade ainda estava em seu poder. Nós sabíamos que não conseguiríamos resistir a um ataque em duas frentes, pois estaríamos espremidos entre o exército da cidade e o de Kerbogha. Esse fato nos deu disposição para aceitar qualquer solução para ficarmos protegidos dentro da cidade.

Foi nesse momento que Bohemund de Tarando deu sua cartada. Fez-nos prometer que ficaria de posse da cidade, caso ele conseguisse abrir seus portões. O que ninguém sabia era que Bohemund já estava secretamente em contato com um guarda armênio convertido mulçumano de dentro da muralha. O nome do traidor era Firouz. Parece que o ódio do traidor era dirigido diretamente ao Governador, pois ele havia tomado a mulher de Firouz. O guarda aceitara suborno para abrir os portões e mostrar a passagem incólume pelo acampamento cruzado. O único que ficou furioso com o acerto foi Raimundo IV pois, como era amigo do imperador bizantino, queria que o juramento feito em 1097 fosse cumprido; mas foi voto vencido, uma vez que todos os outros concordaram com o exposto por Bohemund. Na noite anterior à votação, o Conde Bohemund apareceu no acampamento, desejoso de falar com o Conde de Amiens; parece que ele queria angariar votos para sua empreitada. Foi reiterado por Eguerrand que se Bohemund o deixasse ficar com todo o saque conforme prometera, e que efetuasse o pagamento dos prisioneiros importantes pegos por ele pelo peso do próprio em ouro o Conde de Amiens lhe daria o voto. Como Bohemund aquiesceu com o pedido, Eguerrand concordou, pois não lhe importava quem ficaria com a cidade. Ele detestava este deserto, esta imensidão de sol e areia; queria voltar o mais rápido possível para sua querida França e seus condados.

Na votação que se sucedeu no dia seguinte, a única coisa que Raimundo IV conseguiu foi uma simples ressalva: caso Aleixo I cumprisse com sua promessa de ajudar os cruzados, ele cumpriria seu juramento.

Esse acerto trouxe uma nova deserção nas nossas fileiras. No dia dois de junho, Estevão de Blois e alguns outros cruzados abandonaram o exército. Mesmo com essa baixa, decidiram seguir adiante com o plano de invasão. Assim, Firouz pediu para que Bohemund pegasse seus cruzados e simulasse uma marcha em direção ao exército de Kerbogha, que vinha para libertar a cidade. Orientou que todo o bando, no meio da noite, voltasse para a muralha e, oculto pelas sombras, escalasse a muralha da torre. Lá estaria Firouz, que os atiraria uma escada de cordas. Assim combinado, assim feito! E na manhã seguinte, a cidade era nossa.

Os cruzados que estavam no acampamento quando viram o portão se abrindo, correram como loucos, todos querendo pegar o maior butim. O que se seguiu foi um massacre como nunca antes visto. O sangue corria como um rio caudaloso pelas ruas de Antioquia. O Governador conseguiu escapar desse massacre, mas para seu azar, ao sair da cidade caiu do cavalo. Seus seguidores, ao vê-lo caído no chão semimorto, deixaram-no para lá e continuaram a fugir. Antes de exalar seu último suspiro, um cristão sírio o reconheceu quando passou por ele, decapitou-o e levou sua cabeça como troféu para nós.

Os Cruzados, sem saber ou poder ou até mesmo querer, matavam indiscriminadamente; não diferenciando os mulçumanos dos cristãos. A espada e o machado matavam a todos igualmente. Dentre os mais afoitos deste ritual macabro estava Thomás de Marlle. Ele estava imensamente inebriado com o desejo de matar, tão ao ponto de dar a seguinte resposta a um dos Padres, quando interpelado:

- Conde, como consegue diferenciar os cristãos dos seguidores de Alá, se nem lhes dá tempo de se identificarem?

Thomás, no ápice de seu furor violento respondeu:

- "Eu mato a todos. Cabe a Deus diferenciar quem é do seu povo e deve ficar ao seu lado no paraíso, de quem é infiel e deve morar durante toda a eternidade no inferno" e rindo de sua piada lúgubre, degolou mais um civil.

O Conde de Amiens, com medo que o Conde Bohemund não cumprisse com o prometido, deu ordens expressas para que todo saque conseguido fosse colocado em uma carroça e que essa carroça partisse para seu acampamento tão logo estivesse cheia. Essa providência mostrou-se de grande valia para ele, pois a primeira ordem dada por Bohemund, assim que conseguiu controlar os homens, foi de que seu exército se dividisse e postasse nos portões para que mais nenhum inimigo fugisse da fortaleza. Só que os guardas pegavam o que fora saqueado e colocavam nesta proibição. Quando os lordes menores tentavam sair com o produto do butim, os guardas apreendiam e enviavam para a praça central, colocando tudo num monte só. Quando iam reclamar com Bohemund, ele o levava até a pilha e falava:

- Vedes messire! Como poderei identificar seu butim no meio de tantos outros? Façamos o seguinte, fales com meu tesoureiro que ele lhe dará um recibo com uma quantia que acharás satisfatória. E tão logo chegues à nossa querida França, poderás descontá-lo.

Esse era mais um ardil empregado pelo Conde, pois o tesoureiro já possuía vários recibos preenchidos com os mesmos valores. E não adiantava o lorde menor reclamar, pois o tesoureiro falava que eram ordens do Conde Bohemund, e caso não estivesse satisfeito, abrisse uma petição ao Rei da França, quando lá chegasse. Sendo assim, os Lordes, que não possuíam muita escolha, já que tinham que comprar a alimentação da tropa, além de pagar o soldo devido. Aceitavam não sem guardar ira ao Conde Bohemund. Acredito que o Conde fez duas coisas naquela noite: uma fortuna imensa e uma imensidão de inimigos.

Esse foi o golpe fatal. O Conde de Amiens, ao ver que Bohemund não cumprira sua palavra, comentou:

- Esta cruzada só serve para enriquecer os grandes lordes e empobrecer os pequenos, como eu.

Logo após, mandou chamar todos os seus soldados que estavam na cidade. Após reunir todos; verificou o material guardado nas carroças e certificou-se de ter o seu butim devidamente escondido. Mandou o tesoureiro e seu filho Thomás irem ao porto de São Simeão e contratarem navios suficientes para embarcar seus homens. O Conde de Amiens nos reuniu no acampamento e disse aos homens:

- A nossa jornada termina aqui! Acredito que lutamos bravamente em nome do Cristo Crucificado. A parte mais difícil da jornada ficou para trás. Todos estão com saudades da nossa família, de Amiens e da nossa querida França. É chegada a hora de retornar. Entretanto, todo aquele que desejar pode se filiar a outro senhor, porém, advirto: o seu butim, bem como suas terras, serão redistribuídos.

Não é necessário dizer que ninguém quis deixar o Conde, pois todos estavam fartos daquela guerra e o pouco que conseguiram, para muitos, representava uma vida inteira de luta.

Para nós "Padres" nada restou. Não sendo parte ativa no combate, não recebíamos pagamento e nem participávamos da distribuição do butim. E, se por acaso algo caísse em nossas mãos, seria da Santa Madre Igreja. Portanto, saí da guerra tão pobre quanto entrei.

TERCEIRA PARTE

REGRESSO AO LAR

EMBARCADOS

O embarque se deu no dia seguinte bem cedo, aproveitando a maré alta. Saímos de Antioquia com tempo bom e céu claro, de um azul deslumbrante. O nosso trajeto seria ir direto para Malta, evitando assim os portos sob domínio bizantino. Éramos um monte de soldados apinhados em três galeras, pois o Conde fretara essa quantidade para economizar e evitar chamar a atenção. A mim, nada importava, pois sobrevivi a essa experiência terrível que é estar em uma guerra e estava voltando para casa. Não via a hora de saborear a comida de minha mãe e de rever meus velhos mentores da igreja de Amiens. A experiência fora válida, mas graças a Deus, chegara ao fim.

Foi no amanhecer do segundo dia que notamos algo estranho: o mar, sempre encapelado, agora era de uma mansidão sem fim. Parecia um espelho de tão liso que era sua superfície. As aves, companheiras inseparáveis dos navios, sumiram todas. Logo o capitão começou a gritar ordens para os marinheiros: mandou verificar as amarras das cargas no porão e recolher as velas quadradas, deixando somente as triangulares, mais manobráveis, abertas. O imediato aproximou-se e disse:

- Vão para o porão, pois uma tempestade está surgindo e este monte de soldados andando desesperados no passadiço, no meio de uma tormenta, só nos atrapalhará, além de correrem o risco de uma onda levar embora algum pobre coitado.

Tão logo o porão foi trancado eu comecei a rezar e fazer promessas para São Erasmo (padroeiro dos marinheiros). Procurei um local no já abarrotado porão, me sentando perto do mastro central. Do alto do teto balançavam lamparinas colocadas de espaço em espaço. O imediato nos disse rindo para não fixarmos o olhar nelas, pois certamente passaríamos mal com o balançar do navio.

Logo o mar começou agitar. Em princípio, um leve balançar que foi aumentando aos poucos. O céu escureceu, o dia virou noite e o nosso pesadelo começou. O navio que balançava, logo começou a saltar como um cavalo bravio sendo domesticado. Ora pulava para um lado, ora para outro; de repente, caía de frente. Entre uma onda e outra, o capitão vociferava e gritava ordens aos marujos, que obedeciam correndo sob um convés molhado, balançando e jogando, sendo varridos por ondas algumas vezes maiores que a própria embarcação. Nunca imaginei que veria algo pior que a guerra, mas aquela tempestade me mostrou o contrário. Nós gemíamos e vomitávamos e entre um gemido e um vômito, uma oração. Entremeados de pedidos aos santos de nossas devoções. O desespero era enorme e visível nas faces de todos. Aqueles homens, que eu vira combater com uma coragem sem fim, enfrentando cargas de cavalaria, cujo chão tremia ante sua passagem, ficando numa linha de escudos, esperando o inimigo dar uma brecha enquanto golpeavam por baixo e, que ao final do combate ainda tinham energia para rirem uns dos outros, fazendo chacota; esses mesmos homens ali estavam desesperados, berrando tal como crianças, pedindo ajuda para a mãe. Alguns choravam e lamentavam o dia em que ali puseram os pés.

Não sabemos quanto tempo levou, mas ao final, o mau

tempo passou e foi com alívio que vimos o porão ser aberto, e um sorridente imediato nos avisando que estava tudo bem. Saí para o sol, que aparecia acabrunhado por entre as nuvens escuras que iam embora. O navio adernava um pouco; o capitão mandou servir conhaque para todos, pois o conhaque servia para lavar a boca e tirar enjoo que nós sentíamos. Uma escala imprevista teve que ser feita no porto de Alexandria, por ironia aportamos no porto "bom regresso" para um improvisado conserto na galé. Aproveitamos para esticar as pernas e foi com certo ar de alegria que almocei na taverna بيكس إسبادا que um marinheiro traduziu para peixe espada, onde a comida, por mais sofrível que fosse, era melhor que o peixe seco, as bolachas recozidas[24] e a maçã dadas no navio para nós. Ficamos por três dias parados no porto, e nesse tempo aproveitei para andar na cidade, no entanto, por medo de assalto, dormia sempre no navio.

De Alexandria fomos costeando a África em direção a Malta, de Malta para Roma e finalmente Marseille, na minha amada França.

Daí para a nossa querida Amiens foi um passeio. Mais de um vilarejo nos deu uma recepção de fazer inveja, por onde passávamos vestidos e adornados como combatentes da cruzada. O povo se enfileirava nas estradas nos ofertando gêneros e nos reverenciado pelo combate aos infiéis.

Finalmente chegamos a Amiens. A população da cidade parou para nos ver; as pessoas ficaram dos dois lados da estrada até a entrada do Castillon, onde o Conde nos liberaria. Assim que entramos na praça principal, o Bispo oficializou um réquiem em agradecimento por aqueles que sobreviveram e para que Deus recebesse no paraíso os que pereceram lutando contra os infiéis.

Finalmente casa! Minha mãe já havia colocado dois pães para

assar, meu pai matou uma ovelha e minha irmã a temperara com mel e especiarias.

No dia seguinte, logo após a terça, um clérigo chegou a minha residência para me levar a um encontro com o Bispo.

Encontrei o Reverendíssimo na lavoura, como era costume seu nesta hora, e tão logo me viu, se dirigiu a um tanque de pedras para lavar as mãos. Enquanto lavava, me fitava com um ar enigmático. Assim que acabou, com um aceno de cabeça me convidou a segui-lo, o que fiz caminhando como convém a etiqueta, ao lado esquerdo e dois passos atrás. O Bispo, vendo-me a sua retaguarda me disse:

- Deixe a etiqueta para quando tivermos em público. Tu sabes que detesto etiquetas. Portanto, ande ao meu lado, como faria um filho dileto.

Ao entrarmos nos seus aposentos, o Bispo foi sentando e me convidou a fazer o mesmo, enquanto me fitava de cima a baixo, até finalmente comentar:

- Ora pegaste uma bela cor trigueira no país dos sarracenos. E então, conte-me como foi a sua aventura mas, principalmente, como foi que o Conde e seu filho se portaram.

Relatei tudo exatamente como acontecera, tudo que vira ou ouvira, mas com o cuidado de avisar se fora visto por mim, ouvido ou chegado ao meu conhecimento por outrem. Relatei da crueza de Thomás de Marlle, de como se transformava em uma fera assassina ante a expectativa do combate, da fúria incontida ao matar e como ele me assustava com esse comportamento.

O Bispo riu de mim, e disse que para o combate esses eram os melhores homens, pois não possuíam moral e nem pudor para matar; não pestanejavam nem titubeavam, e milhares de homens foram mortos por simplesmente hesitarem na hora de matar alguém.

Ter sangue frio é algo necessário para um guerreiro pois, se a cada morte feita por ele houvesse arrependimento, a sua vida seria um eterno lamentar. Para isso existia a Igreja, para perdoar e lamentar por aqueles que não poderiam fazê-lo.

Por fim me perguntou o que achei da experiência, se fora válida e se eu repensara a minha negativa de pertencer à igreja.

Disse-lhe que apesar das atrocidades por mim presenciadas, eu ainda sonhava em ser um cavaleiro, mesmo sabendo ser impossível, pois me faltava o dote para tal. Entretanto, ainda me via trabalhando para um Rei ou um nobre de alta linhagem, e quem sabe se o meu filho não poderia conquistar esse sonho.

O Bispo riu novamente, e encarando-me com um ar matreiro, falou:

- Quem sabe? Quem sabe é Deus! Portanto peça a ele para te dar o futuro que desejas. Somente ele pode atender seu pedido.

E com essas palavras deu por encerrada a conversa. A seguir, estendeu-me a mão, e eu beijei o anel episcopal, retirando-me logo em seguida. Fui procurar meus mentores, e falei com um por um. Deixei por último o meu grande amigo: o monge Raphael, que me ensinara a língua bretã. Ao ver-me seus olhos se encheram de lágrimas, tais quais os meus. Abraçamo-nos e para suavizar o clima, falei num inglês popular, imitando o sotaque do Duque Robert. Surtiu efeito imediato e rindo da brincadeira, respondeu de igual maneira. Com o ambiente mais leve, relatei as "aventuras" vividas por mim.

Por fim, quando o assunto se esgotara, despedi-me e, ao alcançar a porta da biblioteca, Raphael me chamou e me atirou um livro dizendo:

- Toma! Santo Agostinho. Para limpar seu espírito e tornar seus sonhos mais suaves.

Com o livro em mãos, agradeci e saí.

Cheguei à casa e, ao entrar, notei que tudo voltava ao normal. Meu pai saíra para a lavoura com meu irmão. A mãe e minha irmã estavam atarefadas com a comida, como sempre. Ajudei-as pegando água no rio e quando voltei, minha mãe comentou comigo que o casamento de Agnès, a filha do Conde, seria para dia vinte e cinco de setembro; Dia de São Firmino, padroeiro da cidade. Minha mãe contava essa novidade com alegria, pois era costume o Conde de Amiens sempre dar pano para confeccionar roupas e sapatos para os vassalos. Desta vez tinha uma razão especial para presentear a todos, pois queria que estivessem alegres neste dia.

Fui pego de surpresa. Não imaginei que após tanto tempo meu coração ainda me trairia ao ouvir seu nome. Senti o sangue me faltar. E minha amada mãe, ao ver-me empalidecido, perguntou-me assustada:

- Que aconteceu com você? Está passando mal?

- É somente uma pequena tontura, provavelmente por estar desacostumado a uma refeição tão nutritiva, respondi meio sem jeito. Ela, puxando uma cadeira, disse:

- Sente-se menino, antes que desabe no chão!

Pegou uma caneca e me deu um copo de vinho com especiarias. E continuou:

- Coitadinho! O corpo ressente por assistir tantas mortes. E minha irmã rindo disse:

- Imagina! Se não aguenta caminhar da igreja até aqui, que dirá ver mortes. Deve ter passado o tempo todo desmaiando. Ameacei atirar-lhe a caneca e ela saiu rindo pela porta da cozinha.

Fui para o quarto e comecei a ler o livro emprestado, mas minha mente e coração estavam com Agnès. Como ela estaria? Mais bonita? Mais alta? Por fim adormeci e acordei com a chamada para o almoço.

Assim que terminei o meu almoço, peguei as marmitas e levei para meu pai e irmão. Aproveitei para ajudar na lavoura. O contato com a terra me acalmou e tirou o pensamento de Agnès da minha mente.

Assim foi até que veio a primavera, época em que os campos ficam floridos, os trigos começam a colocar a linda cor dourada, o painço com seus matizes vermelhos e as flores de lis tingem a nobre França com todas as cores do arco íris. Um belo dia, meu pai mandou levar a criação para dentro de casa e nos disse que viria temporal, pois o mistral estava soprando, e quando ele soprava na primavera era sinal de mau tempo.

Não tardou! Lá pela hora da nona as nuvens apareceram e cobriram o céu de negro e o vento mistral veio com toda sua fúria, vergando árvores e assobiando como besta enfurecida. Logo uma chuva se fez cair, pesada, gelada como o inverno em Amiens. Doía ao bater no corpo. A minha mãe, como sempre, acendia uma vela e rezava. Os animais baliam, mugiam e cacarejavam nervosos. E meu pai prendeu as ovelhas e a vaca. Por entre as palhas do teto, as gotas caíam nervosas e inquietas, pingando com rapidez afoita. As vasilhas logo se encheram. E começou a nossa faina de esvaziá-las.

E assim foi até a metade da noite, uma chuva forte com um vento demolidor. Se foi tão rápida como surgiu. E nós, esgotados, adormecemos sob um teto úmido e uma cama molhada.

O dia amanheceu claro, límpido e manso como as águas do Somme. Após acordarmos e tomarmos o desjejum. Eu, o meu pai, e meu irmão saímos para verificar os estragos na lavoura.

Não há nada pior que tempestade na primavera. Os frutos e sementes estão em maturação e aquilo que cai no chão, se solta ou quebra. Tudo perdido! Não dá tempo para plantar novamente e não adianta guardar que não vai madurar. Chegamos à nossa gleba de terra, destinada ao plantio do trigo e painço. A desolação era total. O que sobrou de pé era muito pouco. Tudo o que não tinha sido arrancado estava vergado até o solo. No meio da plantação, abriu-se uma vala por toda extensão. Meu pai sentou-se desanimado. Nunca o vi com ar tão desolador. Doeu ver o seu rosto enrugado, seus olhos de um azul límpido mirando para a plantação com um ar de desânimo. Ele olhava entristecido para suas mãos calosas de tanto labutar na terra.

Eu e meu irmão nada falamos, apenas abaixamos a cabeça e permanecemos ali.

Meu pai falou saindo de seu devaneio:

- Vamos! Não adianta chorar o leite derramado! Vamos ver se nossos vizinhos precisam de ajuda urgente. E dito isso, saiu andando às pressas, como se fosse a última coisa a ser feita no mundo.

Por todo lado que se olhasse, o cenário era de desolação. Casas sem telhados, árvores gigantescas tombadas, plantações destruídas. A rua que descia para o rio estava completamente inutilizada. O Somme, outrora tão manso e límpido possuía agora uma fúria leonina e cor de barro. Pela correnteza passavam árvores, animais mortos ou entulho de todas as espécies.

Logo o sino da igreja tocou, nos convocando para uma reunião. Quando a maioria da cidade estava presente, deu-se início a uma reunião presidida pelo Bispo. Ele designou dois monges para escrever os prejuízos que cada um tivera. Após isso, nos mandou esperar e, enquanto esperávamos, foi servida uma sopa rala com pão para os presentes.

O Bispo, após verificar as listas, disse:

- Vocês vão trabalhar em mutirão; vou dividi-los em três grupos com as seguintes funções: o primeiro grupo consertará as casas destruídas; o segundo grupo remendará as estradas e vias de acesso e o terceiro grupo será responsável por colher o que sobrou nas plantações. Verifiquem os grupos de cada um e iniciem os trabalhos, lembro a todos que: O grupo que estiver no concerto das casas destruídas deve pegar a madeira na floresta e trazer para a carpintaria do mosteiro que será preparada para substituírem as danificadas. Os responsáveis por remendarem as estradas devem pegar pedras na pedreira, o barro no costado do rio e colocar tudo nos buracos. O monge Michel os ensinará como tampá-los corretamente para evitar novos desbarrancamentos. O grupo responsável pela colheita do que sobrou deverá iniciar pelo campo mais próximo e seguir até o mais distante. Alerto que, para evitar problemas, quando forem iniciar uma nova colheita o responsável pelo plantio deverá estar presente durante todo o procedimento até a guarda em seu depósito. Os monges que ajudarem nas tarefas ficarão dispensados das missas diurnas, devendo comparecer para a missa da véspera. No dia seguinte, após a laudes, iniciarão os trabalhos do dia. Todos devem trazer alguma comida para o mosteiro e a feitura das refeições ficará a cargo das mulheres. Hoje serão construídos fornos e fogões à lenha para a feitura de toda a comida. Uma grande mesa, para servir a todos, será montada. Que deus abençoe esta nossa empreitada. Dito isso, deu por terminada a reunião.

Quando todos começaram a se retirar, um dos anciões da aldeia pediu a palavra ao Bispo. Concedida a permissão para falar, ele contou a seguinte história:

- Uma vez, quando eu era pequeno, um temporal assim assolou nossa cidade. E o Rei, junto com o antigo Conde, isentou o condado de pagar o seu tributo em grãos e carne, comutando para dias de trabalho a serviço deles. Será que Vossa Reverendíssima não poderia levar esta petição ao Sr Conde?

O Bispo de prontificou em ir falar pessoalmente com Eguerrand, nos dando resposta depois.

Assim como mais nada foi acrescentado, fomos verificar as nossas equipes e saímos para consertar os estragos da tempestade.

Duas semanas se passaram rapidamente, tal qual uma lebre escapando de uma raposa. Até que, no domingo da última semana, o Bispo rezou uma missa campal em agradecimento a Deus e dando por encerrado todos os trabalhos.

O pouco que se aproveitara da plantação mal dava para os aldeões passarem o inverno que se avizinhava. O Bispo falara com o Conde. Mas esse, irredutível, disse que iria cobrar o imposto mesmo assim.

Os aldeões ficaram revoltados, pois se dessem o pouco que tinham, certamente passariam fome no inverno. E ainda teriam que comprar as sementes do Conde no ano seguinte, caso quisessem plantar novamente.

Mas mesmo assim pegamos a parca safra e mandamos moer no moinho de Amiens, cujo proprietário era Eguerrand, o único permitido na cidade. Lá, o moleiro ficou com sua parte e nos deu o restante.

"O HOMEM PÕE, DEUS DISPÕE!"

Um dia vinha eu, caminhando tranquilamente do mosteiro pela trilha do rio, por onde se ia por trás da casa, chegando na porta da cozinha. Quando ao me aproximar, escutei um grito desesperado vindo do andar de cima. Era minha irmã. O grito partira do local onde ficava um dos quartos. Ao mesmo tempo, uma voz masculina, tão conhecida e tão odiada por mim, dizia:

- Fica quieta, quem não tem como pagar o que deve, paga como pode!

O meu coração gelou. Era Thomás e, pela sua voz, ele estava possuído, como eu vira tantas vezes em batalha. Não raciocinei, entrei como um bólido pela porta aberta. Galguei os degraus de madeira de dois em dois. Ao chegar lá em cima, deparei com um dos lacaios de Thomás parado a espiando pela porta entreaberta. Olhei de soslaio e pude ver o famigerado Conde de Marlle rasgando as roupas de minha irmã. A coitada, ao tentar reagir, levou um tapa tão forte no rosto que abriu seu lábio inferior.

Puxei o lacaio pelos ombros ao passar por ele. E no furor

do momento, joguei-o escada abaixo. Empurrei a porta com a violência tirada do desespero, gerada pelo medo do Conde e por ver minha irmã naquela situação infame. Com um berro, atirei-me em cima de Thomás. O Conde, com seus instintos de guerreiro à flor da pele, virou-se no exato momento em que me arremessei sobre ele e, dando um giro de corpo, fomos ao chão. Para o meu azar, Thomás ficou por cima de mim e, após jogar uma perna por sobre meu corpo, ficou à cavaleira, sentado em meu peito. Fiquei completamente imobilizado. Pude sentir seu hálito nojento quando falou entre os dentes:

- Então o cordeirinho finalmente virou lobo! Ah, Padreco! Não sabe o prazer que vou sentir em te matar! Mas não vais morrer rápido não! Vou enfiar este punhal em sua barriga, depois te colocarei naquele canto ali e enquanto sua vida se escorre como areia entre os dedos, você assistirá sua irmã sendo estuprada por mim. Essa será a última cena vista em vida. Assim, sacando o seu punhal da bota disse:

- Acredite, será bem melhor que o futuro que reservo para ela no bordel. Mas de repente seus olhos ficaram embaçados, sua cabeça pendeu para o lado e ele desabou em cima de mim. Atônito, fiquei imóvel até que minha irmã me puxou pela mão e falou:

- Vamos! Vamos fugir antes que este porco acorde. Ao levantar pude ver que em suas mãos estava o candelabro usado para iluminar a noite e que tão bem serviu para atingir a cabeça de Thomás. Ela, com as roupas rasgadas, ia à frente me puxando pela mão. E eu, num repente, me soltei e corri em direção à espada do Conde que jazia deitada ao lado da cama.

Ao descer as escadas vi que o capanga de Thomás estava caído ao chão, com a cabeça num ângulo impossível de se ficar. Na hora nem percebi, mas havia matado o coitado.

Minha irmã me impediu de sair pela porta da frente, falando:

- Pare! Lá fora ainda tem mais dois capangas do Conde esperando!

Fizemos meia volta e fomos em direção à cozinha. Lá tive a ideia de tacar fogo na palha do telhado, certamente isso atrairia os homens do conde para dentro da casa. Peguei uma acha de lenha acesa e, já do lado de fora, a joguei em cima da palha. Esperamos escondidos até que os dois entrassem para salvar o seu Conde.

A fumaça já estava grande, e eu atinava por que eles ainda não se mexiam. Quando um deles apontou para o teto e disse:

- Olha! Fogo! Vamos avisar o Sire!

O que falou foi em direção à porta da frente; chamou, mas como não obteve resposta, fez sinal para o outro segui-lo. Foi a nossa chance. Saímos correndo de onde estávamos e eu me deparei com a pior cena de minha vida. Meu irmão estava ajoelhado com as mãos atadas às costas. Minha mãe sentada com a cabeça de meu pai ao colo e esse estava com as mãos na barriga, de onde podíamos ver suas vísceras saindo. Rasgado que fora por uma espada, ele jazia com os olhos vítreos fitando o céu, já morto.

A dor foi lancinante. Atirei-me aos seus pés e comecei a chorar. Mas a presença de espírito e a coragem de minha irmã foram primordiais. Pegando, ou melhor, puxando minha mãe pela mão, gritou que eu desamarrasse as mãos de meu irmão. Recuperando um pouco a calma, disse-lhe:

- Sei onde devemos ir, vamos! Sigam-me!

Desci o caminho do rio aos trambolhões. Ora puxando,

ora arrastando minha mãe que se encontrava num processo catatônico. Minha irmã, tão ativa nos últimos momentos, agora estava numa letargia intensa e vinha sendo conduzida por meu irmão que não parava de chorar. Meu mundo ruíra e, no fundo, sabia que o único responsável era eu mesmo.

Chegamos perto do velho carvalho, ao lado do cemitério. Passei primeiro minha mãe pela brecha do muro, depois minha irmã e na hora em que estendi a mão para meu irmão, ele a repeliu com um safanão, passando sozinho.

Passei também, e entramos pela porta lateral até a nave da igreja. Um acólito que estava preparando o altar assustou-se nos vendo entrar pela porta lateral, mas reconheceu-me assim que pedi uma entrevista com o Bispo. Com um leve aceno de cabeça, convidou-me a segui-lo; coisa que fiz tão logo pus minha mãe sentada no banco da igreja.

Como era de seu costume, o Bispo estava no refeitório jantando com os monges. Saiu do local tão logo recebeu o meu recado. Encontrou-me no corredor que dá acesso aos seus aposentos. E pela minha aparência adivinhou tudo, ou melhor, o ocorrido. Após entrarmos em seus aposentos, solicitou ao acólito que me acompanhara ir até a cozinha e pegar uma jarra de vinho com especiarias, com um prato de sopa. Ele nada disse enquanto esperávamos. Simplesmente me olhou com ternura paterna, e isso foi me acalmando aos poucos. Após beber duas canecas do vinho com canela, comecei a narrar o que sabia do acontecido em casa. Disse-lhe que o que restava de minha família não havia comido. O santo homem me respondeu:

- Sossegue! Já providenciei uma alcova para sua mãe e irmã, é claro que dado a natureza do humano, as duas terão que ficar dentro do aposento; mas já demos comida para elas e roupas para sua irmã trocar, pois não convém a sua irmã ficar na casa de Deus vestida com andrajos. Também separamos uma alcova para você e seu irmão, bem como alimentação para ele. Sua irmã e mãe poderão sair dos aposentos para tomar banho de sol uma vez por dia, entre a missa da terça e da sexta. Nesse horário todos estão nos seus afazeres, e a pérgula estará vazia. Contudo, após esse tempo, deverão ficar completamente isoladas. Somente permitirei visita sua e do seu irmão. A comida será colocada pela portinhola e o balde com os dejetos deverão ser colocados logo após a entrega da refeição, no mesmo local, que será retirado pelo monge responsável.

Após relatar o ocorrido, o Bispo Geoffroy baixou a cabeça e comentou:

- Eu já esperava que algo ruim acontecesse com você, pois conheço bem a crueldade e o espírito de vingança de homens como Thomás, mas jamais imaginei que chegasse a este termo. O pior é que eu nada posso fazer, pois o messire possui direito de vida e morte sobre seu vassalo, bastando somente pagar uma indenização pelo estrago ou dano recebido, quando e se for julgado. Entretanto, nem tudo está perdido. Como bem sabe a igreja pode acolher por quarenta dias quem aqui lhe pede abrigo, mas findo esse prazo, você e sua família terão que ir embora e neste caso estarei condenando tu e teu irmão à morte e as mulheres a algo pior: uma vida no prostíbulo tão logo ele se saciasse e aos seus homens. O Conde de Marle é conhecido por traficar mulheres nos bordéis das possessões inglesas.

Já enfrentei o Conde de Amiens assim uma vez, como Raphael te contou, mas o resultado não o agradou muito. Entretanto, há um óbice intransponível para que eu consiga impedir o Conde de Amiens de castigar sua mãe e irmã. Você e seu irmão poderiam se converter a igreja, tornando-se Padres. Mas elas tem de sair daqui para ir a um convento e no exato momento que pusessem os pés do lado de fora, o Conde de Marlle as pegaria. E o fim de ambas eu não desejo a ninguém.

Bom, deixemos para amanhã a solução deste caso. Hoje rezarei a Deus para que me mostre o caminho durante meu sono. Agora vá! Descanse! Eu irei saber do acontecido, e farei algo se puder.

Entrei no claustro designado como quarto para mim e meu irmão. O local, como era de se supor, era de uma simplicidade espartana. Havia duas camas onde caberia uma com um cobertor para cada. Um genuflexório fora retirado para dar lugar à cama extra, e esquecida num canto, uma mesa com um banco gasto pelo uso. Um crucifixo preso à parede terminava com a parca decoração.

Sai em direção ao "quarto" onde minha mãe se encontrava, bati e a voz de minha irmã se fez ouvir:

- Entre!

Entrei e vi minha irmã sentada na cama dando de comer a minha mãe, virando-se, comentou:

- Estou tentando alimentá-la, mas não abre nem a boca! Vamos, mamãe, a senhora precisa comer. Abra a boca! Por favor! E num impulso, falou com uma voz chorosa, quase aos prantos:

- Desisto! Levou uma das mãos à cabeça e fechou os olhos, virando ao mesmo tempo para a parede. Adiantei-me e com carinho tomei o prato de madeira de suas mãos, sentei na cama ao lado de mamãe e disse-lhe delicadamente:

- Vamos, mãe! Ajude-me! Abra a boca. A senhora precisa ficar forte, o Bispo já encontrou uma solução para o nosso caso e neste mesmo momento ele a esta pondo em prática, mas eu preciso que a senhora esteja forte para nos ajudar. Vamos, abra a boca e tente comer. Após essas palavras ela me olhou e disse numa voz sumida:

- Filho, eles mataram seu pai a sangue frio, a sangue frio!

- Eu sei mãe, e eles irão pagar por isso. Eu juro! Depois como se ela escutasse o dito por mim somente neste momento, repetiu:

- O Bispo? Aquele santo homem encontrou uma solução? Que maravilha! Somente ele, com a inspiração divina, para nos ajudar. Acenderei uma vela em sua intenção enquanto eu viver. Vai, me conta! O que ele vai fazer?

- Mãe, o Bispo Geoffroy não quis me contar. Falou que primeiro tinha que resolver umas coisas e nos falaria depois de tudo pronto.

- Bom então é melhor eu comer para ficar forte. Não desejo atrapalhar o Bispo no seu plano. E, tomando a tigela de minha mão, sorveu o caldo até o fim.

Correndo os olhos, vi que a decoração do quarto era idêntica ao meu. Com uma única diferença: o quarto delas possuía um pequeno biombo, fechado, encostado na parede e ao lado um penico. A minha irmã ao ver para onde olhava comentou:

- Por motivos óbvios, os monges não querem que nós frequentemos as latrinas. Portanto, o biombo é para nos dar alguma privacidade e eles virão recolher o penico duas vezes por dia. Sentei no banco e ela me olhando, começou a relatar os fatos acontecidos até minha chegada.

- Thomás apareceu com mais três cavaleiros, e papai foi recebê-los do lado de fora, junto com o mano. O Conde pegou a quantia de farinha que o moleiro nos deu e disse que era pouco para pagar o imposto devido. Até ai Papai aquiesceu, no entanto o Conde de Marlle foi mais longe. Mandou seus comparsas iram até o cercado dos animais e pegarem o que era devido, bem como no celeiro pegar os grãos que não foram moídos. Papai então reclamou, disse que a farinha tudo bem, podia levar, que nós faríamos menos pão este ano, mas os grãos não, pois ano que vem não se teria o que plantar, e os animais eram para a reprodução e para comermos no inverno. Nesse momento, Thomás me viu na porta de entrada da casa, e disse em bom tom:

- Bem se não paga de um modo, paga de outro. Descendo do cavalo, foi andando em minha direção com um ar de ave de rapina. Papai entrou em sua frente, dizendo que ele pegasse o que quisesse. E ele disse que estava indo pegar o que queria. E o empurrou. Antes que seus capangas pudessem segurar Papai, ele deferiu um soco em Thomás, que em retribuição, sacara a espada abrindo suas entranhas, como tu mesmo viste. O nosso irmão, ao ver a cena, tentou acudir, mas foi silenciado com uma pancada na cabeça, indo também ao solo. O resto tu já sabes. E se calou.

Eu tentei falar algo, mas as palavras embolavam em minha garganta. Levantando-me, abracei-a, dei um beijo em minha mãe e saí dali.

Fui para a minha alcova que servia de quarto. Quando me deitei, reparei em cima da mesa a sopa deixada pelos amigos monges. Meu irmão nem tocara na dele. No entanto, eu sabia que deveria ter forças para o que estava por vir. Assim, bebi a sopa e comi o pedaço de pão ali deixado. Ao final, perguntei se ele não desejava se alimentar também. A resposta veio acompanhada de uma ira nunca antes vista nele. Meu irmão, sempre pacato e jocoso, agora parecia um louco. Seus olhos injetados de sangue saltavam da órbita:

- Você é o responsável por toda a desgraça de nossa família.

Graças a você, nosso pai morreu e nossa vida ficou arruinada! Por que tinhas que se meter com o Conde? Não te bastava a nossa vida? Hein? Maldita hora em que mamãe teve você. Maldita!

Fora pego de surpresa com esta reação de meu irmão e, não sabendo o que responder, achei melhor abaixar minha cabeça e silenciar-me. De alguma forma eu achava que ele tinha razão; eu deveria ter ficado em meu lugar, jamais uma filha da nobreza casaria ou amaria um reles camponês. Que tolice a minha achar que o meu amor seria correspondido! Deitei-me na cama, onde rezei e chorei a noite toda; um pranto manso, quieto, lágrimas de quem se sente solitário no mundo e ainda sabedor que as dores sentidas pelas pessoas que ama são de sua responsabilidade.

No dia seguinte, o Bispo me chamou logo depois de rezar a terça. Quando entrei, ele foi logo dizendo:

- O Conde de Amiens esteve aqui após a missa; me contou que mataste um homem, jogando-o da escada. Isso é verdade?

- Reverendíssimo, não sei o dizer, pois subi a escada e puxei o homem pelos ombros no afã de salvar minha irmã das garras de Thomás. Tal movimento o desequilibrou e ele rolou degrau abaixo. Quando passei por ele, o vi desacordado. Por isso julguei-o desmaiado. Entretanto e meu pai? Thomás o matou a sangue frio, na frente de minha família, crime muito pior que o meu.

- Sim, eu sei. Entretanto será a palavra de sua família contra de um Conde. Em quem você acha que irão acreditar? Não sabes que o Prévôt (preboste[25]) foi indicado pelo Conde de Amiens? Isso significa que se você ou alguém de sua família apresentar queixa, serão imediatamente presos e julgado culpados. Desejas realmente arriscar?

- Não, Reverendíssimo, mas não sei o que fazer.

- Meu filho! Passei a noite rezando e creio que Deus me indicou o caminho. No entanto, isso trará muitos riscos para você, pois se fores pego não poderás me envolver nesta escaramuça em que te meterás.

- Farei qualquer coisa para livrar minha família deste problema, Reverendíssimo.

- Pois bem, vamos ao plano: Bom, o conselheiro do Rei Luis VI se sagrou Padre no mesmo mosteiro que eu, e para sua sorte é meu amigo. Eu bolei um plano para que ele venha aqui salvar sua família, no entanto serão necessárias duas coisas:

1 – que você se sagre Padre e dedique este dom a Deus;

2 – que você vá até a abadia de Saint-Denis falar com ele, pessoalmente. Não nego que o Conde de Marlle e seus homens estarão à espreita, e correrás o risco de ser pego.

- Irei imediatamente! Reverendíssimo. Se assim acha necessário.

- Calma: primeiro vou escrever uma carta para entregar a ele, depois irei preparar um ardil para distrair os guardas.

- Mas não entendo Reverendíssimo. Como um Rei vai se preocupar com os problemas de um campônio e sua família? Isso para ele é questão menor!

- Mas quem disse que o rei "Gordo[26]" precisa saber do seu problema? Basta somente o Abade Suger saber. O rei virá aqui combater o "cavaleiro negro" como tem feito por toda a França, pois como todos de Amiens sabem, o conde e o Chevalier noir são a mesma pessoa. Portanto, prepara-te! Sairás hoje à noite. Sua jornada será longa e terás que ter asas de anjos, já que só te restam trinta e oito dias para expirar o prazo. E o Nosso Rei terá que preparar seu exército e pô-lo em marcha para a batalha que se seguirá.

Fui para minha cama descansar. Deitei e dormi até às vésperas. Quando despertei, encontrei em cima da mesa um hábito novo e um pedido para ir falar com o Bispo. Vesti-me às pressas e fui. Bati à porta e quando ordenado, abri-a. Encontrei o Bispo fazendo a ceia, mandou-me sentar e falou para aproveitar e cear com ele, já que provavelmente ficaria muitos dias sem comer direito.

O plano foi anunciado durante minha refeição: o Bispo e seus monges iriam sair pela lateral da igreja para rezar as matinas no cemitério, como se fosse um ritual corriqueiro. Nesse momento eu sairia do meio do seu séquito e me esgueiraria pela passagem do muro, no exato instante em que os soldados colocados de guarda se ajoelhassem para rezar. Eu teria que atravessar o Somme, e do outro lado, preso a uma árvore estaria uma montaria com dois bornais me esperando. Dentro dos bornais encontraria alguma comida, um odre de água, um de vinho e uma carta escrita e selada com a marca do Bispo, para ser entregue ao Abade Suger, o conselheiro real, ou completamente destruída no caso de ser pego. E eu teria que jurar que faria tal coisa, pois o Conde jamais poderia ter provas do envolvimento do Bispo de Amiens com esta tramoia. Levaria comigo seu anel episcopal, para entregar ao Conselheiro do Rei como prova que eu era um encarregado pessoal do seu amigo Bispo de Amiens.

Aquiesci, e jurei como ordenado em cima de uma bíblia. Acabei minha refeição e resolvi despedir-me de minha mãe. Fui até sua alcova onde a encontrei alienada e minha irmã deitada no seu catre, desanimada.

- Ué? O que houve? Indaguei.

- Assim que você saiu, ela começou a lembrar do Papai e do acontecido. Logo estava falando com ele, e depois se deitou, ficando neste mutismo que está vendo, disse minha irmã, desanimada.

Com o coração pesado, sentei na cabeceira da cama e aninhei sua cabeça em meu colo. Por impulso, comecei a cantar a música que ela nos ninava quando crianças:

- "Frère Jacques Frère Jacques Dormez-vous? Dormez-vous? Sonnez les matines, Sonnez les matines. Ding, ding, dong. Ding, ding, dong "[27] Chorava copiosamente enquanto acarinhava a sua cabeça. As lágrimas escorriam por seus cabelos agora parcialmente encanecidos. Não sei o que surtiu efeito, mas comecei a ouvir um balbuciar acompanhando o ritmo e logo já cantarolava baixinho. Minha mãe voltara para nós. Verdade que com o olhar perdido, ainda triste, mas reagindo e voltando à razão.

Minha irmã ficou boquiaberta com o retorno de minha mãe. E, para manter o ambiente animado, exortou-a a ajudar na arrumação e limpeza do ambiente. Disfarcei e me retirei do recinto, não cabendo em mim de alegria.

Já mais tranquilo, pois ao menos agora havia uma esperança onde antes nada havia. Fui caminhando e cantarolando até o catre, para terminar meus preparativos. Arrumei minha cama, bebi a sopa deixada lá por meus amigos monges, e me despedi de Jean, que nem se dignou em responder. Andei porta afora, fui até à igreja, agora fechada, e comecei a rezar.

Na hora aprazada, o Bispo apareceu com um cortejo. Vestia seus paramentos e os monges em coluna de dois caminhavam atrás dele. À frente vinha a Santa Cruz e a dois passos atrás dela, dois turíbulos espargindo uma fumaça olorosa por todos os lados. O santo homem vinha no meio, carregando seu báculo na mão direita e entoando uma ladainha, cujo refrão era repetido pelos seus seguidores de tempos em tempos.

Ao passarem por mim, um dos monges indicou o lugar em que eu deveria ficar na coluna da esquerda. Saímos pela porta lateral e fomos caminhando e cantando pela ala esquerda do cemitério. Eu, assim como os monges, mantínhamos os capuzes sobre o rosto. Sorte nossa que, no negrume da noite, não se conseguia diferenciar eu dos Monges. Os dois guardas estavam alocados um em cada extremidade do muro e, ao ver o cortejo, ajoelharam e abaixaram suas cabeças. O Bispo, ao passar, chamou-os para participarem do ritual. Todos se reuniram no meio do cemitério, em frente ao cruzeiro das almas. Saí da coluna de soslaio assim que todos estavam reunidos, esgueirando-me pela passagem do carvalho. Esse era o momento mais crítico, pois se o guarda me visse, teria complicado a vida do Bispo Geoffroy. Mas Deus estava do meu lado. O guarda estava de costas e eu, andando cuidadosamente, desci a encosta sem que ele percebesse. Ao atingir a base do morro, senti-me aliviado: A pior parte havia terminado, agora seria andar até onde o rio Somme dava vau e atravessar para pegar o cavalo. Ia despreocupado pelo caminho, quando ouvi vozes vindo de uma curva logo à minha frente. Eram sentinelas postos ali por Thomás. Atirei-me encosta abaixo por puro desespero, indo cair numa cobertura de árvores. As sentinelas correram em minha direção com uma tocha na mão, alertadas que foram pelo barulho. Fiquei escondido atrás de uma árvore e rezei para todos os santos me ajudassem naquele momento. Fechei os olhos e já me via sendo pego pelo hábito e Thomás me degolando.

Mas não aconteceu nada disso: Os guardas iluminaram por pouco tempo o local, e somente de cima do barranco. Acho que faltou coragem para descerem até onde eu estava. E como nada viram, Continuaram sua ronda. Por medo, resolvi entrar no rio ali mesmo. Assim fui descendo sentado, o mais silenciosamente possível, me agarrando aos tocos e raízes que encontrava. Meu coração quase parou ao sentir a água gelada do Somme nesta época do ano, Mas a adrenalina do acontecido e o medo de ser descoberto naquela situação complicada me impelia adiante. Atravessei e fui caminhando em silêncio procurando minha montaria. Achei-a presa numa faia. O animal a principio se assustou, mas bastou palavras doces e a cenoura retirada da horta do mosteiro para convencê-lo de minhas boas intenções. Estava completamente encharcado. Nos dois bornais existiam somente uns pães; um pouco de queijo; vinho; a carta selada do Bispo; um odre de água e um cobertor amarrado a sela. Aproveitei o escuro da noite e tirei meu hábito e enrolando meu corpo no cobertor tentei subir no cavalo. A primeira vez a manta me atrapalhou e me vi deitado no chão olhando o céu estrelado. Por isso desenrolei o cobertor do meu corpo, coloquei no costado do cavalo e subi nu em pelo. Já em cima da montaria enrolei-me novamente do melhor jeito possível. Assim meio coberto, meio desnudo, dei início à minha salvadora jornada.

Fui em direção a Abbeville pelo meio da mata, sempre que pudesse as estradas seriam evitadas. Por segurança, resolvi que nesta jornada eu dormiria de dia e cavalgaria a noite e assim o fiz. O dia amanheceu um pouco antes de chegar à cidade. Entrei na mata e procurei um lugar onde pudesse descansar e comer algo. Achei uma pequena gruta e acendi uma fogueira na sua entrada, aproveitando para fazer meu desjejum. Fiz uma cruz de madeira na beirada da fogueira, onde estendi o hábito molhado para secar e enquanto ele secava, eu comia um pedaço de pão com queijo duro, empurrando tudo com um pouco de vinho.

O vinho aguado serviu para me aquecer, retirando dos ossos, o frio da noite e dar-me uma sonolência gostosa. Após minha parca refeição, resolvi dormir um pouco. Coloquei um pedaço de tronco ao solo que me serviria como travesseiro, e nele amarrei o cavalo. Estendi o cobertor e deitei na sua metade, me cobrindo com a outra metade.

Acordei com o dia pelo meio. Avivei as brasas e comi mais um pouco de pão com um gole d'água. Quando a noite despontou, vesti as minhas roupas já secas e montei novamente. Atravessei o Somme um pouco depois da cidade, sempre pela floresta. Fui em direção a Rouen e daí até Paris. Finalmente, após uma semana de viagem, a noite pela floresta e caminhos vicinais, chegara ao meu destino. O dia estava chuvoso, frio e nublado. Cavalguei em direção à Abadia de Saint-Denis, Onde Abade Suger morava. Lá chegando, sem saber como proceder, entrei na igreja ainda vazia, por causa do horário. Sentei-me meio desolado e perdido, sem saber de que maneira eu poderia contatar o Abade, aproveitando o silêncio para rezar e pedir uma orientação a Deus. Nesse momento, vi um monge aproximar-se do altar para acender as velas. Por impulso, cumprimentei-o em latim. Ele, ao ouvir o cumprimento, virou-se assustado em minha direção e indagou:

- Ubi est frater? (de onde vem o irmão?).

- Locus auferetur (de um lugar longe).

- hoc dedi inaurem placere abbati Suger. (entregue este anel ao abade Suger, por favor), disse-lhe alcançando o anel.

O Monge, ainda me tomando por um dos seus, saiu por um breve momento, logo voltando para me levar onde o Abade se encontrava.

Assim que o vi, ajoelhei-me e pedi seu perdão pelo engodo, explicando que não sabia como poderia chegar até ele. Suger então me mostrou sua maior qualidade: a inteligência. Disse-me que notara que eu não era monge somente pelo andar. E que a urgência transparecia nos meus gestos. Além disso, o seu irmão em cristo jamais mandaria seu anel episcopal se não fosse algo urgente. Ressaltou que, pela aparência, eu necessitava de uma boa refeição antes de qualquer coisa e, com um sinal, pediu para um monge conduzir-me até o refeitório, onde comi um mingau de aveia com um pão fresco.

Após a refeição, fui novamente levado à sua presença onde entreguei a carta. Depois de ler, me fitou por um tempo e, de súbito levantou-se, dizendo:

- Acompanhe-me até os jardins do mosteiro. Lá poderemos falar tranquilamente.

Chegando lá me pediu para contar toda a história, o que fiz com a rapidez necessária. O Abade de vez em quando me interrompia para perguntar por algum ponto obscuro ou uma passagem mal resolvida. Ficou interessado na minha participação na cruzada, e franziu a testa quando soube que os Condes de Amiens eram cavaleiros negros. Por fim, terminei a minha narração. Suger então disse que meu caso era sério e que ele via somente uma solução, mas antes gostaria de saber se eu valeria a pena o sacrifício dele e da coroa para salvar minha família. Caminhou para dentro do mosteiro, e uma vez dentro dele foi ate a biblioteca de onde retirou alguns volumes. Entregou-os a mim e pediu para eu ler um parágrafo de cada. O primeiro era em inglês, o segundo em latim e o terceiro em grego.

Fiz a leitura dos parágrafos indicados por ele. Após o término das leituras, tomou os livros de minha mão e em ato contínuo, fez perguntas sobre o que eu acabara de ler. Respondi, sem delongas. O Abade riu-se e colocou os livros nos lugares. Após, perguntou-me se eu desejava realmente tornar-me Padre e ajudar a obra da Santa Madre Igreja. Respondi com toda a franqueza de meu coração:

- Não! Não é o que desejo, mas é o que preciso fazer. E juro por tudo que me é sagrado que farei o máximo para glorificar o nome de Deus e elevar o nome da Igreja.

O Abade riu e disse:

- Olha se você tivesse me falado que era isso que desejava, eu teria recusado o fardo que me trazes. No entanto foste honesto comigo, mostrando seu caráter, portanto, ajudar-te-ei. Aguarde aqui, mandarei reservar um catre para ti e hoje mesmo iniciarás seu aprendizado para sagrar-se Padre.

Chamando um acólito, passou-lhe instruções e após vestir-se à rigor, Saiu porta afora, sem dizer aonde ia.

Uma semana se passara sem que eu tivesse notícias do Abade, mas mantive firme minha promessa. Todos os dias participava dos cultos. Limpava as latrinas, para aprender a humildade, meditava em silêncio e em silêncio me conduzia. Até que no domingo Suger apareceu. Foi até meu catre e me avisou que no dia seguinte o Rei Luís VI (o gordo) marcharia à frente de seu exército até Amiens. Ele viajaria sob o pretexto de combater o cavaleiro negro e ajudar a população de Amiens a fazer justiça sobre os desmandos de Seu Conde. E eu deveria ir junto para buscar minha família ainda presa no mosteiro.

E assim foi. Marchamos com um pequeno exército, montado às pressas pelo Rei e o Abade. Tão às pressas que nem material de cerco possuía. Eu fui ao final do comboio, junto aos os Padres de Suger, que cavalgava ao lado de Luís VI.

Chegamos a Amiens no domingo de Ramos de 1115 (que caiu no dia onze de abril). O Conde de Amiens, ao saber da vinda do rei, refugiou-se no Castillon, fortaleza considerada inexpugnável. Mas o Rei, sabedor da fama da fortaleza, mandou seus homens cercarem-na e assim que o cerco se completara o Rei mandou um mensageiro visando cumprir as regras de cerco[28] que se aproximou dos portões com seu escudo de cabeça para baixo e sua lança com um pano branco amarrado na ponta em sinal de paz. O Conde Eguerrand apontou um cavaleiro para ouvir os termos do rei, como determina as regras de cerco. Após os cavaleiros conversarem, ambos retornaram ao seu lugar. O Conde de Amiens ouviu os termos de rendição do rei, deu um sorriso e mandou o cavaleiro de volta com a sua negativa. Após o retorno desse, o Conde de Amiens mandou os besteiros darem uma saraivada de flechas, mas atirando cinquenta metros mais perto que o normal. Dessa maneira, Eguerrand incitou o "gordo" a entrar no Castillon. Enquanto isso, aproveitando que o cerco estava fechado e nenhum homem poderia sair da fortaleza, me dirigi até a igreja. Lá chegando, fui direto ao Bispo Geoffroy, ajoelhei-me aos seus pés e agradeci o milagre que ele realizara. O Bispo levantou-me e com um sorriso disse que para Deus nada era impossível. Como ele sempre falara:

- O homem põe; Deus dispõe!

Pois, apesar de minha negativa em servi-lo, ali estava eu, agradecendo e pronto para me entregar à sua obra, enquanto ele, O Bispo, fora só o instrumento por onde Deus se manifestara com suas decisões.

- Nós somos meros peões no jogo de xadrez divino! Disse arrematando a conversa.

Aproveitei para levantar-me e, pedindo licença ao bondoso homem, saí correndo em direção à minha família. Ao chegar à alcova de minha mãe, vi que os três já me esperavam prontos e com os nossos parcos pertences numa trouxa em cima do ombro de meu irmão.

Ao atravessar a nave da igreja, reparei que os maus queridos amigos instrutores estavam colocados em duas colunas esperando minha saída. Aproveitei para despedi-me de todos eles.

- Há muito vocês deixaram de ser instrutores e passaram a ser amigos, disse-lhes.

E saí porta afora. Ouvi uma voz me chamando ao chegar aos primeiros degraus da escada:

- Phillipe! Phillipe! Esqueceste esta espada, que tanto te custou. Toma, leve-a contigo, pois a ti pertence!

Era meu bom amigo Raphael, o bibliotecário com a cicatriz a enfeiar seu rosto. Peguei a espada, que um dia pertencera ao Conde de Marlle, com mãos trêmulas e, olhando nos olhos deste que foi o meu melhor amigo dentre todos, despedi-me com a sensação de que nunca mais iria vê-lo.

Sai apressadamente pelas ruas de Amiens, até onde o cerco se processava, bem a tempo de ver o Rei que, numa demonstração de imprudência, passeava com seu cavalo à frente de seu exército. Nesse momento, uma flecha transviada, munida com a ponta "bodkin", o atingiu bem na altura de seu ombro. O alvoroço percorreu o exército, os lordes que ali se encontravam correram para cobrir o corpo do monarca com seus escudos e corpos. Na amurada do Castillon um "hurra" foi ouvido. O arqueiro que dera o tiro saíra dali carregado. Os lordes tiraram o Rei do campo de batalha ,e logo depois, o cerco terminou. E com isso a fama de intransponível continuou com o Castillon.

Pusemo-nos em marcha na direção de Paris. Minha família estava no carroção dos clérigos, junto a mim. Meu irmão ainda não falava comigo. E eu nunca mais ouvi sua voz, nossa amizade havia terminado para sempre. Minha irmã cantarolava e minha mãe só agradecia a Deus e me abraçava. Durante o trajeto, um dos cavaleiros explicou o ardil do Conde de Amiens: ele mandara a saraivada de flechas cinquenta metros mais curta, para dar uma distância errada ao monarca, um velho truque inglês. O rei como desconhecia esse ardil, postou seu exército mais à frente. E quando estava passando a tropa em revista, o besteiro aproveitou para dar o tiro certeiro. O cavaleiro encerrou sua narrativa, comentando: "mesmo assim foi um belo tiro, gostaria de ter este besteiro pago a soldo em meu exército".

Graças a Deus o tiro não fora fatal; o Rei se recuperou depois. E assim que chegamos, o Abade Suger me chamou. Disse que pelo fato de eu estar aprendendo no mosteiro e vivendo tanto tempo a vida monástica, o meu aprendizado seria curto; assim, logo, logo, eu seria sagrado Padre e poderia ajudar na missão da igreja.

- E quanto à minha família? O que será dela? – indaguei.

- Eu designei uma nesga de minhas terras para que eles possam cultivar. Esse pedaço de terra foi isentado do recolhimento de impostos e as primeiras sementes eu darei para depois cobrar o valor de mercado após a colheita. Acredito que a sua família poderá se sustentar bem com o que lhe será dado. Além disso, mudei o nome de sua família, pois o Conde de Marlle não esquece seus desafetos. Assim eles ficarão mais protegidos. Sempre que desejares ver um dos seus, peça para um dos Padres chamar e marque o encontro na igreja, longe dos olhares curiosos. Só há um detalhe: enquanto servires à Igreja, esta terra será deles. É a recompensa dada pela igreja a um filho dileto, com tantas qualidades para dedicar ao nosso serviço.

Exultei de felicidade, era tudo o que eu desejara. Agradeci deixando-o saber que ele nunca se arrependeria deste dia.

O MONGE GUERREIRO

O tempo passou e com ele veio a minha sagração. Após ser sagrado Padre, o Abade Suger me chamou e disse que dali em diante eu pertenceria à corte do Rei Luis VI, onde seria os olhos e ouvidos do Rei, ressaltando: "mas principalmente meus olhos e ouvidos". Deveria mantê-lo sempre informado de tudo. E antes de comentar qualquer coisa para o Rei, deveria falar com ele mesmo. O que se ouvisse ou visse deveria passar pelo Abade primeiro, para que fosse decidido o que devia chegar aos ouvidos do Rei. Com isso, tornei-me o informante do Abade dentro da corte real.

E assim os dias foram se passando. Todas as intrigas, todos os mal-entendidos e até mesmo as confissões importantes, eu levava diretamente a Suger. Passei a ter acesso direto ao seu alojamento. E não havia hora em que eu não pudesse visitá-lo, bastava somente pedir para ser anunciado. O monarca ao ver a quantidade de línguas que eu lia, escrevia e falava, passou a me levar para todos os lugares. Eu participava até mesmo em suas caçadas. Como quase não falava, fiquei com a alcunha de "o Monge silencioso".

Um dia o Rei estava se exercitando na arte da espada, quando me viu parado de pé, apreciando o duelo. Num ímpeto, me perguntou:

- Padre, gostaria de tentar?

- Não, Vossa Alteza. Não sei manejar uma. E ele, rindo, retrucou:

- É uma pena que não saibas. Mas não te preocupes, os ingleses não perguntarão se sabes ou não, antes de enfiar uma no seu estômago.

Com um sorriso debochado nos lábios, me atirou a espada de seu oponente, vindo em seguida na minha direção. Segurando meio desajeitado, aparei o primeiro golpe dado pelo Rei, mas ao aparar, perdi o equilíbrio indo a espada e eu ao chão.

Isso provocou risos de dos presentes. E o Rei de tanto rir se sentou ao meu lado no chão, sem forças. Tão logo parou a zombaria, falou:

- Minha esposa luta melhor que você, Padre. Tu não durarias um minuto contra um cavaleiro. Vamos, a partir de amanhã Raoul, meu melhor cavaleiro, irá te ensinar a lutar. Tu não podes andar ao meu lado sem saber lutar. Apesar de ser Padre, nem sempre esta batina é respeitada. E, numa batalha, tudo pode acontecer. Até mesmo um Padre ser morto.

E assim aconteceu. Todos os dias Raoul perdia um tempo comigo, ensinando-me a golpear, a defender e a contra-atacar. Eu usava uma espada de madeira, bem mais pesada que a de verdade. E quando eu perguntava o porquê da minha espada ser tão pesada, ele ria e falava:

- Padre, isso é para fortalecer a sua musculatura fraca de

tanto rezar e se benzer. E no dia que começar a usar uma de verdade, será muito mais rápido e mortal.

Não tive muito tempo para refletir sobre essas palavras, pois logo Raoul iniciou sua saraivada de golpes, dos quais, com muita dificuldade, consegui defender-me.

Os dias se passavam no aprendizado. E graças ao meu dom, logo rivalizava com Raoul em perícia e velocidade.

Durante três anos essa foi minha vida. Até que eu me acostumara com ela. Mas eis que, num belo dia, fui chamado pelo Abade Suger. Quando o encontrei no palácio, foi logo dizendo:

- Se prepare, pois amanhã iniciaremos uma viagem até Roma, onde encontraremos o Papa Bento VII.

Exultei, eu um mero Padre iria ver o Papa pessoalmente, mas logo depois acendeu um alerta: o que um Papa iria querer com um simples Padre? Levantei minha dúvida ao Abade e ele disse que o mistério seria desfeito tão logo chegássemos a Roma.

Fomos e assim que chegamos o Papa nos recebeu. Ajoelhei-me e assim fiquei até que Vossa Eminência me mandou levantar. Fiquei calado, um passo atrás do Abade. O Santo Padre conversou em voz baixa com o Abade. Então, me chamou e disse com sua voz possante, digna de um representante divino na terra:

- Padre, a igreja precisa de seus serviços. Chegaram ao meu conhecimento seus dons incomuns; que tu falas e lês em diversas línguas, que sabes lutar com espada como se cavaleiro fosse; que tens memória privilegiada, sendo capaz de recitar trechos de livros vistos somente uma vez. Tudo isso é verdade?

- Sim, Santidade, é verdade.

- Pois bem! Recebi em minhas mãos um pedido para que se verifique em Jerusalém uma nova ordem que surge, em latim chamada de Ordo Pauperum Commilitonum Christi Templique Salominici (Ordem dos Pobres Cavaleiros de Cristo e do Templo de Salomão), conhecida como Cavaleiros Templários. Mas o nome que se dá não importa, o que importa é que te enviarei para observar tudo o que acontecer, e me comunicar caso encontre algo diferente ou estranho com esta Ordem que se forma. Ela se inicia com nove cavaleiros, cujo líder, Hugo de Payens se intitula primeiro Grão Mestre. Portanto, tu partirás em direção a Jerusalém e se alistará nos Templários. Serás o décimo cavaleiro. Para que cumpras a missão estou lhe dando terras e posses, pois ela somente aceita pessoas da nobreza. Entretanto, elas deverão ser doadas à Instituição e, tudo o que possuíres, será deles.

Dito isso, chamou seu contador e mandou que me fosse dados título, terras, dinheiro e todas as posses necessárias para cumprir o que fora designado.

Mandou forjar uma armadura, um escudo com o brasão de meu suposto condado. Deu-me quatro cavalos, dois de combate e dois para cavalgar.

Após isso, determinou que eu entraria num navio em direção a Jerusalém e lá desembarcaria com as montarias e um criado, para ir diretamente ao Templo de Salomão, residência dos templários na cidade santa.

De novo, eu no mar. Mais uma vez, meu desespero e meu estômago ditaram as regras da viagem. Passei todo o tempo enjoado, a única coisa que acalmava o mal estar era o conhaque, que logo era colocado para fora. Cheguei a Jerusalém; os mesmos ruídos, cheiros e dialetos que eu deixara para trás, num passado agora tão distante lá na Antioquia, onde a minha inocência e a fé nos homens pereceram. Fiquei ali parado sentindo os aromas e ouvindo os dialetos. De súbito, uma voz atrás de mim se fez ouvir:

- Ô cavaleiro, vai ficar parado no meio do cais, atrapalhando as pessoas ou vai andar?

Assustado com o vozeirão falado num francês castiço, me virei para ver quem seria o dono daquela voz. Para meu espanto, era um cavaleiro templário. Ele tinha uma vestimenta típica: cota de malhas, a espada presa à cintura e seu manto branco com uma cruz vermelha costurada por cima da cota. Mal podia acreditar no que via! O destino me trouxera até este momento, e um Phillipe extasiado não acreditava na sorte. Logo me tornaria o que sempre desejara: um cavaleiro da nobre ordem! A ORDEM DOS TEMPLÁRIOS. Eu seria o DÉCIMO CAVALEIRO TEMPLÁRIO!

---

[1] Na idade média as paredes feitas de pedra eram cobertas com tapetes para decorar e amenizar o frio que delas emanava.

[2] Em arquitetura militar, é um muro anteposto às muralhas, de menor altura do que estas, com a função de proteger as muralhas dos impactos da artilharia.

[3] Denier era moeda cunhada em prata na França à época. Cujo nome era originário do latim "denarius". Também conhecida como centavo de prata.

[4] Nobres salteadores que abusavam do seu poder senhorial e bélico para aterrorizar as populações fazendo saques e matança para diminuir o poder do Rei.

[5] O povo na idade média marcava o tempo pelos horários das missas. Que eram os seguintes:

Matinas: missa das 00:00 H

Laudes: missa das 03:00 H

Primas: missa das 06:00 H

Terça: missa das 09:00 H(oportunidade da missa solene. Quando a nobreza local comparecia)

Sexta: missa das 12:00 H

Nona: missa das 15:00 H

Vésperas: missa das 18:00 H

Completas: missa das 21:00 H

[6] São Dinis de Paris ou São Dionísio de Paris (em francês: Saint Denis de Paris) foi um mártir e santo cristão, tendo sido bispo de Paris no século III. Foi martirizado aproximadamente no ano de 250. Segundo a tradição, São Dinis ainda caminhou até sua igreja logo após ser decapitado. É co-padroeiro da França. O grito de armas dos exércitos do rei da França era: Montjoie! Saint Denis! ".

[7] produto de roubo ou de pilhagem

[8] Sem-Haveres eram os cavaleiros que não possuíam posses. Sendo contratados a soldo para representarem um senhorio nas disputas e nas batalhas.

[9] Uma lua de sangue é um eclipse lunar total. Quando a Terra fica entre a Lua e o Sol. Como a Terra bloqueia a luz do Sol, a única coloração que emerge através da atmosfera terrestre é vermelha, lançando uma cor vermelho-sangue sobre a Lua.

[10] A cobrança dava-se do seguinte modo: um terço de toda produção para o Rei; Um terço para o Conde, senhor das terras e um terço ficava para o vassalo.

[11] Era assim chamado o punhal que cavalheiros carregavam no lado oposto à sua espada. Se o oponente não pedisse misericórdia, era morto com esse punhal.

[12] Na era medieval a Igreja poderia abrigar um refugiado durante o período de quarenta dias. Sendo proibido a sua captura. Após este período deveria ser entregue as autoridades

[13] Ponta bodkin. O nome vem de bodekim, ou punhal. Era uma ponta feita para penetrar em armaduras.

[14] A intoxicação por Heléboro Branco produz uma ação vesicante sobre as mucosas digestivas, com sensação de queimação, náuseas, vômitos, hipotermia, suores frios, diarreia e depressão dos centros nervosos cardíacos e respiratórios, o que pode ocasionar a morte. Dose letal (adulto) = 2 gramas da planta

[15]15 Corte arredondado feito em cima da cabeça.

[16] A tinta era feita misturando-se goma de árvores com carvão ou pó colorido retirado de pedra e moído bem fininho. Misturado, posto em uma forma para secar. Para usar era só dissolver o tablete na água.

[17] Farda de lacaios e cocheiros de casa rica

[18] Édito é um anúncio de uma lei, muitas vezes associado à monarquia ou a nobreza.

[19] Moço que cuidava dos cavalos adestrados de um nobre.

[20] Mal das guerras era disenteria, pois as condições de higiene e limpeza eram precárias. O que infectava cerca de um terço da tropa.

[21] Era uma máquina de guerra da antiguidade que disparava grandes dardos. Basicamente são arcos ampliados e apoiados no chão. Eram também apoiadas nas Ameias dos castelos.

[22] É o nome dado a uma pessoa que ajuda ou colabora com o inimigo de seu país em caso de invasão.

[23] Formação de batalha, onde os homens da frente e dos lados colocam seus escudos para protegerem a parte frontal e lateral. Os que ficam no meio colocam sobre as cabeças. Formando assim uma parede de escudos impenetrável.

[24] A bolacha era feita de farinha e água e era cozida por duas vezes, o que a torna boa para quebrar dentes. Nós a molhávamos na cerveja ou conhaque para poder comer.

[25] Antigo magistrado, responsável pela aplicação da lei.

[26] O Rei Luís VI em virtude de seu peso, tinha a alcunha de "O Gordo"

[27] " Frei Jacques Frei Jacques dormes tu? Dormes tu? Vá tocar os sinos, vá tocar os sinos. Ding ding dong. Ding ding dong.

[28] As "regras de cerco" consistiam em dar a chance ao inimigo cercado de se render, ou pelo menos liberar as mulheres e os não combatentes do castelo ou fortaleza cercado.

www.ingramcontent.com/pod-product-compliance
Lightning Source LLC
Chambersburg PA
CBHW060831120626
46557CB00001B/462